# 李卓吾先生批評西遊記

(明)吴承恩 撰

第三册

國家圖書館出版社

U0684789

# 第三册目録

## 第九回

袁守誠妙筭無私曲　老龍王拙計犯天條

詩曰

都城大國實堪觀八水周流遶四山多少帝王興此處
古來天下說長安

此單表陝西大國長安城乃歷代帝王建都之地自周秦漢以來三川花似錦八水遶城流三十六條花柳巷七十二座管絃樓華夷圖上看天下最爲頭眞是個可勝之方今卻是大唐太宗文皇帝登基改元龍集貞觀此時已登極十三年歲在己巳且不說他駕前有安邦定國的英豪

與那創業爭疆的傑士却說長安城外涇河岸邊有兩個賢人一個是漁翁名喚張稍一個是樵子名喚李定他兩個是不登科的進士能識字的山人一日在長安城裡賣了肩上柴貨了籃中鯉同入酒館之中吃了半酣各携一瓶順涇河岸邊徐步而回張稍道李兄我想那爭名的因

○人○人○曉○此○人○人○不○曉○此○

名喪體奪利的為利亡身受爵的抱虎而眠承恩的袖蛇而走算起來不如我們水秀山青逍遙自在甘淡薄隨緣而過李定道張兄說得有理但只是你那水秀不如我的山青張稍道你山青不如我的水秀有一蝶戀花詞為證

詞曰

烟波萬里扁舟小。靜依孤蓬西施聲音遶。滌慮洗心名利少。閑攀蓼穗蒹葭艸。數點沙鷗堪樂道。柳岸蘆灣。妻子同歡笑。一覺安眠風浪悄。無榮無辱無煩惱。

李定道。你的水秀不如我的山青。也有箇蝶戀花詞爲証。詞曰。

雲林一段松花滿。默聽鶯啼。巧舌如調管。紅瘦綠肥春正煖。倏然夏至光陰轉。又值秋來容易換。黃花香。堪供翫。迅速嚴冬如指撚。逍遙四季無人管。

漁翁道。你山青不如我水秀。受用些好物。有一鷓鴣天爲証。

仙鄉雲水足生涯。擺櫓横舟便是家。活剖鮮鱗烹綠鼈。旋蒸紫蟹煮紅蝦。青蘆筍水荇芽菱角雞頭更可誇。嬌藕老蓮芹葉嫩慈菇茭白鳥英花。

樵子道你水秀不如我山青受用些好物亦有一鷓鴣天爲証。

崔巍峻嶺接天涯。艸舍茅庵是我家。醃臘雞鵝强蟹鼈。麞豝兔鹿勝魚蝦。香椿葉黃練芽竹筍山茶更可誇。紫李紅桃梅杏熟甜梨酸棗木樨花。

漁翁道你山青真個不如我的水秀。又有天仙子一首

一葉小舟隨所寓。萬疊烟波無恐懼。垂鈎撒網捉鮮鱗

沒齊膩偏有味老妻稚子團圓會魚多又貨長安市換得香醪吃箇醉簑衣當被臥秋江鼾鼾睡無憂慮不戀人間榮與貴

樵子道你水秀還不如我的山青也有天仙子一首

茆舍數椽山下蓋松竹梅蘭真可愛穿林越嶺覓乾柴沒人怪從我賣或少或多憑世界將錢沽酒隨心快瓦鉢磁甌殊自在酕醄醉了臥松陰無掛礙無利害不管人間興與敗

○○快○活○快○活○真○快○活○

漁翁道李兄你山中不如我水上生意快活有一西江月爲證

紅蓼花繁映月黃蘆葉亂搖風碧天清遠楚江空牽攪一潭星動入網大魚捉隊吞鈎小鱖成叢得來烹煮味偏濃笑傲江湖打鬨

樵夫道張兄你水上還不如我山中的生意快活亦有西江月爲証

敗葉枯藤滿路破稍老竹盈山女蘿乾葛亂牽攀折取收繩殺擔蟲蛀空心楡柳風吹斷頭松柟採來堆積備冬寒換酒換錢從俺

漁翁道你山中雖可比過還不如水秀的幽雅有一臨江仙爲証

潮落旋移孤艇去，夜深罷棹歌來。簑衣殘月甚幽哉，宿鷗驚不起，天際彩雲開。困臥蘆洲無箇事，三竿日上還捱。隨心儘意自安排，朝臣待漏，怎似我寬懷。

樵夫道：你水秀的幽雅，還不如我山青更幽雅，亦有臨江仙可證。

蒼逕秋高拽斧去，晚涼擡擔回來。野花插鬢更奇哉，撥雲尋路出，待月叫門開。稚子山妻欣笑接，草床木枕欹捱。蒸梨炊黍旋鋪排，甕中新釀熟，真箇壯幽懷。

漁翁道：這都是我兩個生意贍身的勾當，你卻沒有我閑時節的好處，有詩為證，詩曰：

閑看蒼天白鶴飛。停舟溪畔掩蒼扉。倚蓬。教子搓釣線。
○快○活○
罷棹同妻曬網圍。性定果然知浪靜。身安自是覺風微。
綠簑青笠隨時着。勝掛朝中紫綬衣。

樵夫道。你那閑時又不如我的閑時好也。亦有詩爲証。
閑觀縹緲白雲飛。獨坐茅庵掩竹扉。無事訓兒開卷讀。
有時對客把棊圍。喜來策杖歌芳徑。興到攜琴上翠微。
艸履麻縧粗布被。心寬強似着羅衣。

張稍道。李定。我兩個眞是微吟可相狎。不須檀板共金樽。但散道詞章。不爲稀罕。且各聯幾句。看我們漁樵攀話何如。李定道。張兄言之最妙。請兄先吟。

舟停綠水烟波內，家住深山曠野中。偏愛溪橋春水漲，最憐岩岫曉雲蒙。龍門鮮鯉時烹煮，蟲蛀乾柴日燎烘。釣網多般堪贍老，擔繩二事可容終。小舟仰臥觀飛鴈，艸徑斜欹聽唳鴻。

快活

口舌場中無我分，是非海內少吾踪。溪邊掛晒繒如錦，石上重磨斧似鋒。秋月暉暉常獨釣，春山寂寂沒人逢。魚多換酒同妻飲，柴剩沽壺共子叢。自唱自斟隨放蕩，長歌長嘆任顛風。呼兄喚弟邀船夥，挈友携朋聚野翁。行令猜拳頻遞盞，拆牌道字漫傳鍾。烹蝦煮蟹朝朝樂，炒鴨燖鷄日日豐。愚婦煎茶情散淡，山妻造飯意從容。曉來舉杖淘輕浪，日出擔柴過大街。

雨後披簑擒活鯉風前美斧伐枯松潛踪避世教痴蠢
隱姓埋名作啞聾
張稍道李兄我纔僣先起句今到我兄先起一聯小弟亦
嘗續之
風月伴狂山野漢江湖寄傲老餘下清閑有分隨消酒
口舌無閑喜太平月夜身眠茅屋穩天昏體蓋箬簑輕
都○數○演○得○好○
忘情結識松梅友樂意相交鷗鷺盟名利心頭無筭計
干戈耳畔不聞聲隨時一酌香醪酒度日三飡野菜羹
雨束柴薪爲活計一竿鈎線是營生閑呼稚子磨鋼斧
靜喚憨兒補舊繒春到愛觀楊柳綠時融喜看荻蘆青

夏天避暑修新竹六月乘涼摘嫩菱霜降雞肥常日宰
重陽蟹壯及時烹冬來日上還沉睡數九天高自不寒
八節山中隨放性四時湖裡任陶情採薪自有仙家興
垂釣全無世俗形門外野花香艷艷船頭綠水浪平平
身安不說三公位性定强如十里城十里城高防閫令
三公位顯聽宣聲樂山樂水真是罕謝天謝地謝神明
他二人既各道詞章又相聯詩句行到那分路去處躬身
作別張稍道李兄呵途中保重上山仔細看虎假若有些
凶險正是明日街頭少故人李定聞言大怒道你這廝憊
懶好朋友也替得生死你怎麼咒我我若遇虎遭害你必

遇浪翻江張稍道我永世也不得翻江李定道天有不測風雲人有暫時禍福你怎麼就保得無事張稍道李兄你雖這等說你還沒捉摸不若我的生意有捉摸定不遭此等事李定道你那水面上營生極凶極險隱隱暗暗有甚麼捉摸張稍道你是不曉得這長安城裡西門街上有一個賣卦的先生我每日送他一尾金色鯉他就與我袖占一課依方位百下百着今日我又去買卦他教我在涇河灣頭東邊下網西岸拋鈎定獲滿載魚蝦而歸明日上城來賣錢沽酒再與老兄相敘二人從此敘別這正是路上說話草裡有人原來這涇河水府有一個巡水的夜叉聽

見了百下百着之言急轉水晶宮慌忙報與龍王道禍事〔如此轉彎也奇〕了禍事了龍王問有甚禍事夜叉道臣巡水去到河邊只聽得兩個漁樵攀話相別時言語甚是利害那漁翁說長安城裡西門街上有個賣卦先生筭得最准他每日送他鯉魚一尾他就占一課教他百下百着若依此等筭准却不將水族盡情打下何以壯觀水府何以躍浪翻波輔助大王威力龍王甚怒急提了劍就要上長安城誅滅這賣卦的傍邊閃過龍子龍孫蝦臣蟹士鰣軍師鱖少卿鯉太宰一齊啟奏道大王且息怒常言道過耳之言不可聽信大王此去必有雲從必有雨助恐驚了長安黎庶上天見

責大王隱顯莫測變化無方但只變一秀士到長安城內訪問一番果有此輩容加誅滅不遲若無此輩可不是妄害他人也龍王依奏遂棄寶劍也不興雲雨登岸上搖身一變變作一個白衣秀士真箇

丰姿英偉聳壑昂霄步履端祥循規蹈矩語言遵孔孟禮貌體周文身穿綠色羅襴服頭戴逍遙一字巾

上路來拽開雲步徑到長安城西門大街上只見一簇人擠擠雜雜鬧鬧哄哄內有高談闊論的道屬龍的本命屬虎的相沖寅辰巳亥雖稱合局但只怕的是日犯歲君龍王聞言情知是那賣卜之處先上前分開眾人望裡觀看

只見
四壁珠璣滿堂綺繡寶鴨香無斷磁瓶水恁清兩邊羅列王維畫座上高懸鬼谷形。端溪硯、金烟墨相襯着霜毫大筆火珠林郭樸數謹對了臺政新經。六爻熟諳。八卦精通能知天地理善曉鬼神情、一盤子午安排定滿腹星辰佈列清真個那未來事。過去事。觀如月鏡幾家興幾家敗鑑若神明。知凶定吉斷死言生。開談風雨迅下筆鬼神驚招牌有字書名姓。神課先生袁守誠。

此人是誰。原來是當朝欽天監臺正先生袁天罡的叔父袁守誠是也那先生果然相貌稀奇儀容秀麗。名揚大國。

術寇長安。龍王入門來，與先生相見。禮畢，請龍上坐，童子獻茶。先生問曰：「公來問何事？」龍王曰：「請卜天上陰晴事如何。」先生即袖占一課，斷曰：

雲迷山頂，霧罩林梢。若占雨澤，准在明朝。

龍曰：「明日甚時下雨？雨有多少尺寸？」先生道：「明日辰時布雲，巳時發雷，午時下雨，未時雨足，共得水三尺三寸零四十八點。」龍王笑曰：「此言不可作戲。如是明日有雨，依你斷的時辰數目，我送課金五十兩奉謝。若無雨，或不按時辰數目，我與你實說，定要打壞你的門面，扯碎你的招牌，即時趕出長安，不許在此惑衆。」先生欣然而荅：「這個一定任

你請了請了明朝雨後來會龍王辭別出長安回水府大
小水神接着問曰大王訪那賣卦的如何龍王道有有有
但是一個掉嘴口討春的先生我問他幾時下雨他就說
（如今賣卜的那一个不是討春的麼）
明日下雨問他甚麼時辰甚麼雨數他就說辰時布雲巳
時發雷午時下雨未時雨足得水三尺三寸零四十八點
我與他打了箇賭賽若果如他言送他謝金五十兩如畧
差些就打破他門面趕他起身不許在長安惑衆衆水族
笑曰大王是八河都總管司雨大龍神有雨無雨惟大王
知之他怎敢這等胡言那賣卦的定是輸了定是輸了此
時龍子龍孫與那魚鄉蟹士正歡笑談此事未畢只聽得

半空中叫涇河龍王接旨衆擡頭上看是一個金衣力士
手擎玉帝勑旨徑投水府而來慌得龍王整衣端肅焚香
接了旨金衣力士回空而去龍王謝恩拆封看時上寫着

勑命八河總驅雷掣電行明朝施雨澤普濟長安城

旨意上時辰數目與那先生判斷者毫髮不差諕得那龍
王魂飛魄散少頃甦醒對衆水族曰塵世上有此靈人眞
箇是能通天地理却不輸與他呵鰣軍師奏云大王放心
要贏他有何難處臣有小計管教滅那廝的口嘴龍王問
（此等想頭從何而來可笑可笑）
計軍師道行雨差了時辰少些點數就是那廝斷卦不準
怕不贏他那時捽碎招牌趕他跑路果何難也龍王依他

所奏。果不擔憂。至次日點札風伯雷公雲童電母直至長安城。九霄空上。他挨到那巳時方布雲午時發雷未時落雨申時雨止。却只得三尺零四十點改了他一箇時辰尅了他三寸八點雨後發放衆將班師。他又按落雲頭還變作白衣秀士。到那西門裡大街上撞入袁守誠卦鋪。不容分說。就把他招牌筆硯等一齊捽碎。（老龍也管閑事尋閑氣惹閑禍今人都是如此。）那先生坐在椅上公然不動。這龍王又輪起門板便打罵道這妄言禍福的妖人。擅惑衆心的潑漢。你卦又不靈。言又狂謬。說今日下雨的時辰點數俱不相對。你還危然高坐。趁早去。饒你死罪。守誠猶公然不懼分毫。仰面朝天冷笑道。我不怕。我不怕。

我無死罪只怕你到有箇死罪哩別人好瞞只是難瞞我也我認得你你不是秀士乃是涇河龍王你違了玉帝勅旨改了時辰尅了點數犯了天條你在那剮龍臺上恐難免一刀你還在此罵我龍王見說心驚膽戰毛骨悚然急丟了門板整衣伏禮向先生跪下道先生休怪前言戲之耳豈知弄假成眞果然違犯天條柰何望先生救我一救不然我死也不放你守誠曰我救你不得只是指條生路與你投生便了龍曰願求指教先生曰你明日午時三刻該赴人曹官魏徵處聽斬你果要性命須當急急去告當今唐太宗皇帝方好那魏徵是唐王駕下的丞相若是討

他箇人情方保無事。龍王聞言。拜辭含淚而去不覺紅日西沉。太陰星上。但見

烟凝山紫歸鴉倦路遠行人投旅店渡頭新鴈宿汀沙銀河現催更籌孤村燈火光無熖風裊爐烟清道院蝴蝶夢中人不見月移花影上欄杆星光亂漏聲換不覺深沉夜已半

這涇河龍王。也不回水府只在空中等到子時前後收了雲頭歛了霧角徑來皇宮門首此時唐王。正夢出宮門之外步月花陰。忽然龍王變作人相上前跪拜口叫陛下救我救我。太宗云。你是何人朕當救你。龍王云。陛下是真龍。

臣是業龍臣因犯了天條該陛下賢臣人曹官魏徵處斬故來拜求望陛下救我一救太宗曰既是魏徵處斬朕可以救你你放心前去龍王歡喜叩謝而去却說太宗夢醒後念念在心早已至五更三點太宗設朝聚集兩班文武官員但見那

烟籠鳳闕香藹龍樓光搖丹扆動雲拂翠華流君臣相契同堯舜禮樂威嚴近漢周侍臣燈宮女扇雙雙映彩孔雀屏麒麟殿處處光浮山呼萬歲華祝千秋靜鞭三下響衣冠拜冕旒宮花燦爛天香襲堤柳輕柔御樂謳珍珠簾翡翠簾金鈎高控龍鳳扇山河扇寶輦停留文

官英秀武將攙搜御道分高下丹墀列品流金章紫綬乘三象地久天長萬萬秋

衆官朝賀已畢各各分班唐王閃鳳目龍睛一一從頭觀看只見那文官内是房玄齡杜如晦徐世勣許敬宗王珪等武官内是馬三寶段志賢殷開山程咬金劉洪紀胡敬德秦叔保等一個個威儀端肅却不見魏徵丞相唐王召徐世勣上殿道朕夜間得一怪夢夢見一人迎面拜謁口稱是涇河龍王犯了天條該人曹官魏徵處斬拜告寡人救他朕已許諾今日班前獨不見魏徵何也世勣對曰此夢告徵須喚魏徵來朝陛下不要放他出門過此一日可

救夢中之龍唐王大喜即傳旨着當駕官宣魏徵入朝却說魏徵丞相在府夜觀乾象正爇寶香正聞得鶴唳九霄却是天差仙使捧玉帝金旨一道着他午時三刻夢斬涇河老龍這丞相謝了天恩齋戒沐浴在府中試慧劔運元神故此不曾入朝一見當駕官賫旨來宣惶懼無任又不敢違遲君命只得急急整衣束帶同旨入朝在御前叩頭請罪唐王出旨道赦卿無罪那時諸臣尚未退朝至此却命捲簾散朝獨留魏徵宣上金鑾召入便殿先議論安邦之策定國之謀將近巳末午初時候却命宮人取過大棋來朕與賢卿對弈一局衆嬪妃隨取棋枰鋪設御案魏徵

謝了恩，即與唐王對着。畢竟不知勝負如何，且聽下回分解。

總批

種種想頭，出人意表，大作手也。

一味扯淡，又成一回矣。說家荒唐，大率如此，然此亦具見才思，拘儒俗筆，政不能有此。

漁樵之爭，只爭山水，不比世人名利之爭，所云其爭也君子非乎。

第十回　二將軍宮門鎮鬼。　唐太宗地府還魂

却說太宗與魏徵在便殿對弈，一第一着擺開陣勢。正合爛柯經云：

博弈之道，貴乎嚴謹，高者在腹，下者在邊，中者在角。此棋家之常法。法曰：寧輸一子，不失一先。（世界如棋局，做人如下棋，不獨言弈已也）擊左則視右，攻後則瞻前。有先而後，有後而先。兩生勿斷，皆活勿連。濶不可太疎，密不可太促。與其戀子以求生，不若棄之而取勝。與其無事而獨行，不若固之而自補。彼衆我寡，先謀其生。我衆彼寡，務張其勢。善勝者不爭，善陣者不戰。

善戰者不敗，善敗者不亂。夫棋始以正合，終以奇勝。凡敵無事而自補者，有侵絕之意；棄小而不救者，有圖大之心；隨手而下者，無謀之人；不思而應者，取敗之道。詩云：惴惴小心，如臨于谷。此之謂也。

詩曰

棋盤爲地子爲天，色按陰陽造化全。下到玄微通變處，笑誇當日爛柯仙。

君臣兩個對奕此棋，正下到午時三刻，一盤殘局未終，魏徵忽然俯伏在案邊，鼾鼾睡。太宗笑曰：賢卿眞是匡扶社稷之心勞，創立江山之力倦，所以不覺睡。太宗任他睡着更不呼喚不多時魏徵醒來俯伏在地道臣該萬死臣該萬死却纔倦困不知所爲望陛下赦臣慢君之罪太宗道卿有何慢罪且起來拂退殘棋與卿從新更着魏徵謝了恩却纔撚子在手只聽得朝門外大呼小叫原來是秦叔寶徐茂公等將着一個血淋的龍頭擲在帝前啟奏道陛下海淺河枯曾有見這般異事却無聞太宗與魏徵起身道此物何來叔寶茂公道千步廊南十字街頭雲端裡落下這顆龍頭微臣不敢不奏唐王驚問魏徵此是何説魏徵轉身叩頭道是臣纔一夢斬的唐王聞言大驚道賢卿睡之時又不曾見動身動手又無刀劍如何却斬

此龍魏徵奏道主公臣的

身在君前夢離陛下身在君前對殘局合眼朦朧夢離陛下乘瑞雲出神抖擻那條龍在剮龍臺上被天兵將綁縛其中是臣道你犯天條合當死罪我奉天命斬汝殘生龍聞哀苦臣抖精神龍聞哀苦伏爪收鱗甘受死臣抖精神撩衣進步舉霜鋒扢扠一聲刀過處龍頭因此落虛空

太宗聞言心中悲喜不一喜者誇獎魏徵好臣朝中有此豪傑愁甚江山不穩悲者謂夢中曾許救龍不期竟致遭誅只得强打精神傳旨着叔寶將龍頭懸掛市曹曉諭長

安黎庶。一壁廂賞了魏徵。衆官散訖。當晚囘宮。心中只是憂悶。想那夢中之龍。哭啼啼哀告求生。豈知無常難免。此患思念多時。漸覺神魂倦怠。身體不安。當夜二更時分。只聽得宮門外有號泣之聲。太宗愈加驚恐。正朦朧睡間。又見那涇河龍王。手提着一顆血淋淋的首級。高叫唐太宗。還我命來。還我命來。你昨夜滿口許諾救我。怎麼天明時反宣人曹官來斬我。你出來。你出來。我與你到閻君處折辨折辨。他扯住太宗。再三嚷鬧不放。太宗箝口難言。只掙得汗流遍體。正在那難分難解之時。只見正南上香雲繚繞。彩霧飄飄。有一個女真人上前。將楊柳枝用手一擺。那没頭的龍悲悲啼啼徑往西北而去原來這是觀音菩薩領佛旨上東土尋取經人此住長安城都土地廟裡夜聞鬼泣神號特來喝退業龍救脫皇帝那龍徑到陰司地獄具告不題卻說太宗甦醒回來只叫有鬼有鬼慌得那三宮皇后六院嬪妃與近侍太監戰兢兢一夜無眠不覺五更三點那滿朝文武多官都在朝門外候朝等到天明猶不見臨朝諕得一個個驚懼躊躇及日上三竿方有旨意出來道朕心不快衆官免朝不覺候五七日衆官憂惶都正要撞門見駕問安只見太后有旨召醫官入宮用藥衆人在朝門外候討信少時醫官出來衆問何疾醫官道皇

上脉氣不正。虛而又數。狂言見鬼。又診得十動一代。五臟無氣。恐不諱只在七日之內矣。衆官聞言。大驚失色。正愴惶間。又聽得太后有旨。宣徐茂公護國公尉遲公見駕。三公奉旨急入。到分宮樓下拜畢。太宗正色强言道。賢卿寡人十九歲領兵南征北伐。東擋西除。苦歷數載。更不曾見半點邪祟。今日之下。却反見鬼。尉遲公道。創立江山。殺人無數。何怕鬼乎。太宗道。卿是不信。朕這寢宮門外。入夜就拋磚弄瓦。鬼魅呼號。着然難處。白日猶可。昏夜難禁。叔寶道。陛下寬心。今晚臣與敬德。把守宮門。看有甚麼鬼祟。太宗准奏。茂公謝恩而出。當日天晚。各[illegible]被掛。他兩個介冑整齊。執金瓜鉞斧。在宮門外把守。好將軍。你看他怎生打扮。

頭戴金盔光爍爍。身披鎧甲龍鱗。護心寶鏡幌祥雲。獅蠻收緊扣。綉帶彩霞新。這一個鳳眼朝天星斗怕。那一個環睛映電月光渾。他本是英雄豪傑舊勳臣。只落得千年稱戶尉。萬古作門神。

二將軍侍立門傍。一夜天曉。更不曾見一點邪祟。是夜太宗在宮安寢無事。曉來宣二將軍。重重賞勞道。朕自得疾數日不能得睡。今夜仗二將軍威勢甚安。卿且請出安息。安息待晚間再一護衛。二將謝恩而出。遂此二三夜把守俱安。只是御膳减損。病轉覺重。太宗又不忍二將辛苦。又宣叔寶、敬德與杜、房諸公入宮。分付道。這兩日朕雖得安。却只難爲秦、胡二將軍徹夜辛苦。朕欲召巧手丹青。傳二將眞容。貼于門上。免得勞他。如何。衆臣即依旨。選兩個會寫眞的。着胡、秦二公依前披掛。照樣畫了。貼在門上。夜間也即無事。如此二三日。又聽得後宰門乒乒乓乓。磚瓦亂响。曉來即宣衆臣曰。連日前門幸喜無事。今夜後門又响。却不又驚殺寡人也。茂公進前奏道。前門不安。是敬德、叔寶護衛。後門不安。該着魏徵護衛。太宗准奏。又宣魏徵今夜把守後門。徵領旨。當夜結束整齊。提着那誅龍的寶劍。

侍立在後宰門前。真箇的好英雄也。他怎生打扮。

熟絹青巾抹額，錦袍玉帶垂腰。兜風鶴袖采霜飄。壓賽壘茶神貌。脚踏烏靴坐折。手持利刃兇驍。圓睛兩眼四邊瞧。那個邪神敢到。

一夜通明。也無鬼魅。雖是前後門無事。只是身體漸重。一日太后又傳旨召衆臣商議殯殮之事。太宗又宣徐茂公分付國家大事。叮囑倣劉蜀主托孤之意。言畢沐浴更衣待時而已。傍閃魏徵手扯龍衣奏道陛下寬心。臣有一事管保陛下長生。太宗道病勢已入膏肓。命將危矣。如何保得。徵云。臣有書一封。進與陛下。稍去到陰司付酆都判官崔珏。太宗道。崔珏是誰。微臣云。崔珏乃是太上先皇帝駕前之臣。先受茲州令。後陞禮部侍郎。在日與臣八拜爲交。相知其厚。他如今已死。現在陰司。做掌生死文簿的酆都判官。夢中常與臣相會。此去若將此書付與他。他念微臣薄分。必然放陛下回來。管教魂魄還陽世。定取龍顏轉帝都。

（魏丞相會說鬼話）

太宗聞言。接在手中。籠入袖裡。遂瞑目而亡。那三宮六院。皇后嬪妃。侍長儲君。及兩班文武。俱舉哀戴孝。又在白虎殿上。停着梓宮不題。却說太宗。渺渺茫茫。魂靈徑出五鳳樓前。只見那御林軍馬。請大駕出朝採獵。太宗忻然從之。縹渺而去。行多時。人馬俱無。獨自一個散步荒郊草野之

間正驚惶難尋道路只見那一邊有一人高聲大叫道太唐皇帝往這里來往這里來太宗聞言擡頭觀看只見那人

頭帶烏紗腰懸犀角頭頂烏紗飄軟帶腰圍犀帶顯金廂手擎牙笏凝祥靄身着羅袍隱瑞光脚踏一雙粉底靴登雲促霧懷揣一本生死簿注定存亡鬢髮蓬鬆飄耳上鬍鬚飛舞繞腮傍昔日曾為唐國相如今掌案侍閻王

太宗行到那邊只見他跪拜路傍口稱陛下赦臣失悞遠迎之罪太宗問曰你是何人因甚事前來接拜那人道微

臣半月前在森羅殿上見涇河鬼龍告陛下許救反誅之故第一殿秦廣大王即差鬼使催請陛下要三曹對案臣已知之故來此間候接不期今日來遲望乞恕罪恕罪太宗道你姓甚名誰是何官職那人道微臣存日在陽曹侍先君駕前爲茲州令後拜禮部侍郎姓崔名珏今在陰司得受酆都掌案判官太宗大喜近前來御手忙攙道先生遠勞朕駕前魏徵有書一封正寄與先生却好相遇判官謝恩問書在何處太宗即袖中取出遞與崔珏拜接了拆封而看其書曰

辱愛弟魏徵頓首書拜

大都案契兄崔老先生臺下（幻甚）憶昔交遊音容如在倏爾

數載，不聞清教，常只是遇節令，設蔬品奉祭，未卜享否。又承不棄，夢中臨示，始知我兄長大人高遷。奈何陰陽兩隔，各天一方，不能面覿。今因我　太宗文皇帝倏然而故，料是對案三曹，必然得與　兄長相會。萬祈俯念生日交情，方便一二，放我　陛下回陽，殊爲愛也。容再修謝。不盡。（荒唐極矣，可發一笑。）

那判官看了書，滿心懽喜道：魏人曹前日夢斬老龍一事，臣已早知，甚是誇獎不盡。又蒙他早晚看顧臣的子孫。今日既有書來，（原來陰司亦論分上。）陛下寬心，微臣管送陛下還陽，重登玉闕。太宗稱謝了。二人正說間，只見那邊有一對青衣童子，執幢幡寶蓋高叫道閻王有請有請太宗遂與崔判官並二童子舉步前進忽見一座城城門上掛着一面大牌上寫着幽冥地府鬼門關七箇大金字那青衣將幢幡搖動引太宗徑入城中順街而走只見那街傍邊有先主李淵先兄建成故弟元吉上前道（此等點綴妙不可言）世民來了世民來了那建成元吉就來揪打索命太宗躲閃不及被他扯住幸有崔判官喚一青面獠牙鬼使喝退了建成元吉太宗方得脫身而去行不數里見一座碧瓦樓臺真箇壯麗但見

飄飄萬疊彩霞堆隱隱千條紅霧現耿耿簷飛怪獸頭
輝輝五疊鴛鴦片門鑽幾路赤金釘檻設一橫白玉段

牕牖近光放曉烟，簾櫳幌亮穿紅電。樓臺高聳接青霄，廊廡平排連寶院。獸鼎香雲襲御衣，絳紗燈火明宮扇。左邊猛烈擺牛頭，右下崢嶸羅馬面。接亡送鬼轉金牌，引魄招魂垂素練。喚作陰司總會門，下方閻老森羅殿。

太宗正在外面觀看，只見那壁廂環珮叮噹，仙香奇異，外有兩對提燭，後面却是十代閻王降階而至。是那十代閻君：

秦廣王、楚江王、宋帝王、忤官王、閻羅王、平等王、泰山王、都市王、卞城王、轉輪王。

十王出在森羅寶殿，控背躬身，迎迓太宗。太宗謙下，不敢前行。十王道。陛下是陽間人王。我等是陰間鬼王。凡所當然。何須過讓。太宗道。朕得罪麾下。豈敢論陰陽人鬼之道。遜之不已。太宗前行。徑入森羅殿上。與十王禮畢。分賓主坐定。約有片時。秦廣王拱手而進言曰。涇河鬼龍告陛下許救而反殺之。何也。太宗道。朕曾夜夢老龍求救。實是允他無事。不期他犯罪當刑。該我那人曹官魏徵處斬。朕宣魏徵在殿着棋。不知。化一夢而斬。這是那人曹官出沒神機。又是那龍王犯罪當死。豈是朕之過也。十王聞言。伏禮道。自那龍未生之前。南斗星死簿上。已註定該遭殺于人曹之手。我等早已知之。但只是他在此折辨。定要陛下來此三曹對案。是我等將他送入輪藏轉生去了。今又有勞陛下降臨。望乞恕我催促之罪。言畢。命掌生死簿判官急取簿子來看陛下陽壽天祿。該有幾何。崔判官急轉司房。將天下萬國國王天祿總簿。先逐一簡閱。只見南贍部洲。大唐太宗皇帝注定貞觀一十三年。崔判官吃了一驚。急取濃墨大筆。將一字上添了兩畫。却將簿子呈上。

判官作弊如何定罪

十王從頭一看。見太宗名下註定三十三年。閻王驚問陛下登基多少年了。太宗道。朕即位今一十三年了。閻王道。陛下寬心勿慮。還有二十年陽壽。此一來已是對案明白。請返本還陽。太宗聞言。躬身稱謝。十閻王差崔判官朱太尉二人送太宗還魂。太宗出森羅殿。又起手問十王道。朕宮中老少安否如何。十王道。俱安。但恐御妹壽似不永。太宗又再拜啟謝。朕回陽世無物可酬謝。惟荅瓜果而已。十王喜曰。我處頗有東瓜西瓜。只少南瓜。太宗道。朕回去即送來。即（如此寸個南瓜便可作）送來。從此遂相揖而別。（一場預修矣一笑）那太尉執一首引魂旛在前引路。崔判官隨後。保着太宗。徑出幽司。太宗舉目而看。不是舊路。問判官曰。此路差矣。判官道。不差。陰司裡是這般有去路無來路。如今送陛下自轉輪藏出身。一則請陛下遊觀地府。一則教陛下轉托超生。太宗只得隨他兩個引路前來。徑行數里。忽見一座高山。陰雲垂地。黑霧迷空。太宗道。

崔先生那廂是甚麽山判官道乃幽冥背陰山太宗悚懼
道朕如何去得判官道陛下寬心有臣等引領太宗戰戰
兢兢相隨二人上得山岩擡頭觀看只見
形多凸凹勢更崎嶇峻如蜀嶺高似廬巖非陽世之名
山實陰司之險地荆棘叢叢藏鬼怪石崖磷磷隱邪魔
耳畔不聞獸鳥噪眼前惟見鬼妖行陰風颯颯黑霧漫
漫陰風颯颯是神兵口内哨來烟黑霧漫漫是鬼祟暗
中噴出氣一望高低無景色相看左右盡猖亡那里山
也有峯也有嶺也有洞也有澗也有只是山不生艸峯
不揷天嶺不行客洞不納雲澗不流水岸前皆魍魎嶺

下（誰知陽間人尚作千年料）盡神魔洞中收野鬼澗底隱邪魂山前山後牛頭馬面亂喧呼半掩半藏餓鬼窮魂時對泣催命的判官急急忙忙傳信票追魂的太尉吆吆喝喝趲公文急腳子旋風滾滾勾司人黑霧紛紛

太宗全靠着那判官保護過了陰山前進又歷了許多衙門一處處俱是悲聲振耳惡怪驚心太宗又道此是何處判官道此是陰山背後一十八層地獄太宗道是那十八層判官道你聽我說

吊觔獄幽枉獄火坑獄寂寂寥寥煩煩惱惱盡皆是生前作下千般業死後通來受罪名酆都獄拔舌獄剝皮

獄。哭哭啼啼。悽悽慘慘。只因不忠不孝傷天理。佛口蛇心墮此門。磨擢獄。碓搗獄。車崩獄。皮開肉綻。抹嘴咨牙。乃是瞞心昧己不公道。巧語花言暗損人。寒冰獄。脫殼獄。抽腸獄。垢面蓬頭。愁眉皺眼。都是大斗小秤欺痴蠢。致使災迍累自身。油鍋獄。黑暗獄。刀山獄。戰戰兢兢。悲悲切切。皆因強暴欺良善。藏頭縮頸苦伶仃。血池獄。阿鼻獄。秤杆獄。脫皮露骨。折臂斷筋。也只為謀財害命。宰畜屠生。墮落千年難解釋。沉淪永世不翻身。一個個緊縛牢拴。繩纏索綁。差些赤髮鬼。黑臉鬼。長鎗短劍。牛頭鬼。馬面鬼。鐵簡銅鎚。只打得皺眉苦面血淋淋。叫地叫

人人看看勝翻三○藏十二部也

天無救應正是人生却莫把心欺神鬼昭彰放過誰善

惡到頭終有報只爭來早與來遲

太宗聽說心中驚慘進前又走不多時見一夥鬼卒各執幢幡路傍跪下道橋梁使者來接判官喝令起去上前引着太宗從金橋而過太宗又見那一邊有一座銀橋橋上行幾個忠孝賢良之輩公平正大之人亦有幢幡接引那壁廂又有一橋寒風滾滾血浪滔滔號泣之聲不絕太宗問道那座橋是何名色判官道陛下那叫做柰河橋若到陽間切須傳記那橋下都是些

奔流浩浩之水險峻窄窄之路儼如疋練搭長江却似

火坑浮上界陰氣逼人寒透骨。腥風撲鼻味鑽心。波翻浪滚。往來並没渡人船。赤脚蓬頭出入盡皆作業鬼。橋長數里。濶只三戲高。有百尺深。却千重。上無扶手欄杆（形容奈河橋只是没奈何耳）下有搶人惡怪。枷杻纏身。打上奈河險路。你看那橋邊神將甚兇。頑河內孽魂真苦惱。枒杈樹上。掛的是青紅黃紫色絲衣。（哭人）壁斗崖前。蹲的是毀罵公婆淫潑婦。銅蛇鐵狗任爭飡。永墮奈河無出路。

詩曰

時聞鬼哭與神號。血水渾波萬丈高。無數牛頭並馬面。
猙獰把守奈河橋。

正說間那幾個橋梁使者早已回去了太宗心又驚惶
頭暗嘆默默悲傷相隨着判官太尉早過了奈河惡水血
盆苦界前又到枉死城只聽哄哄人嚷分明說李世民來
了李世民來了太宗聽叫心驚膽戰見一夥拖腰折臂有
（好點綴）
足無頭的鬼魅上前攔住都叫道還我命來還我命來慌
得那太宗藏藏躲躲只叫崔先生救我崔先生救我判官
道陛下那些人都是那六十四處烟塵七十二處草寇衆
王子衆頭目的鬼魂盡是枉死的冤業無收無管不得超
生又無錢鈔盤纏都是孤寒餓鬼陛下得些錢鈔與他我
纔救得哩太宗道寡人空身到此却那里得有錢鈔判官

道。陛下陽間有一人。金銀若干。在我這陰司裡寄放。陛下可出名立一約。小判可作保。且借他一庫。給散這些餓鬼

陰間亦有處借債窮人不愁矣或曰窮人陽間尚無借。處況陰司乎大笑

方得過去。太宗問曰。此人是誰。判官道。他是河南開封府人氏。姓相名良。他有十三庫金銀在此。陛下若借用過他的到陽間還他便了。太宗甚喜。情愿出名借用。遂立了文書與判官借錢金銀一庫。着太尉盡行給散。判官復分付道這些金銀。汝等可均分用度。放你大唐爺爺過去。他的陽壽還早哩。我領了十王鈞語。送他還魂。教他到陽間做一箇水陸大會。度汝等超生。再休生事。衆鬼聞言。得了金銀。多唯唯而退。判官令太尉搖動引魂旛。領太宗出離了

第十一回

還受生唐王遵善果　度孤魂蕭瑀正空門

詩曰

百歲光陰似水流。一生事業等浮漚。昨朝面上桃花色。今日頭邊雪片浮。白蟻陣殘方是幻。子規聲切早回頭。古來陰隲能延壽。善不求憐天自周。

却說唐太宗。隨着崔判官。朱太尉。自脫了寃家債主。前進多時。却來到六道輪回之所。又見那騰雲的身披霞帔。受籙的腰掛金魚。僧尼道俗。走獸飛禽。魑魅魍魎。滔滔都奔走那輪回之下。各進其道。唐王問曰。此意何如。判官道。陛

下明心見性是必記了傳與陽間人知這喚做六道輪廻
那行善的昇化仙道進忠的超生貴道行孝的再生福道
唐王聽說點頭嘆曰
善哉真善哉作善果無災善心常切切善道大開開莫
教興惡念是必少刁乖休言不報應神鬼有安排
判官送唐王直至那超生貴道門拜呼唐王道陛下呵此
間乃出頭之處小判告回著朱太尉再送一程唐王謝道
有勞先生遠踄判官道陛下到陽間千萬做箇水陸大會
超度那無主的寃魂切勿忘了若是陰司裏無報怨之聲
陽世間方得享太平之慶凡百不善之處俱可一一改過

普諭世人爲善管教你後代綿長江山永固唐王一一准
奏辭了崔判官隨著朱太尉同入門來那太尉見門裏有
一匹海騮馬鞍轡齊備急請唐王上馬太尉左右扶持馬
行如箭早到了渭水河邊只見那水面上有一對金色鯉
魚在河裏翻波跳鬭唐王見了心喜兜馬貪看不舍太尉
道陛下趲動些趂早趕時辰進城去也那唐王只管貪看
不肯前行被太尉撮著腳高呼道還不走等甚撲的一聲
望那渭河推下馬去却就脫了陰司徑回陽世却說那唐
朝駕下有徐茂公秦叔寶胡敬德段志賢馬三保程咬金
高士廉張公謹房玄齡杜如晦蕭瑀傅奕張道源張士衡

王珪等，兩班文武，俱保着那東宮太子與皇后嬪妃宮娥侍長，都在那白虎殿上舉哀，一壁廂議傳哀詔，要曉諭天下，欲扶太子登基。時有魏徵在傍道，列位且住，不可不可，假若驚動州縣，恐生不測，且再按候一日，我王必還魂也。下邊閃上許敬宗道，魏丞相言之甚謬，自古云，潑水難收，人逝不返，你怎麼還說這等虛言，惑亂人心，是何道理。魏徵道，不瞞許先生說，下官自幼得授仙術，推算最明，管取陛下不死。正講處，只聽得棺中連聲大叫道，渰殺我耶，諕得箇文官武將心慌，皇后嬪妃膽戰，一箇箇面如秋後黃桑葉，腰似春前嫩柳條，儲君腳軟難扶喪杖進哀集侍長魂飛怎戴梁冠遵孝禮嬪妃打跌綵女歆斜嬪妃打跌却如狂風吹倒敗芙蓉綵女歆斜好似驟雨衝歪嬌菡萏衆臣悚懼骨軟觔麻戰戰兢兢痴痴痖痖把一座白虎殿却相斷梁橋鬧喪臺就如倒塌寺

此時衆宮人走得精光那箇敢近靈扶柩多虧了正直的徐茂公理測的魏丞相有膽量的秦瓊忒猛撞的敬德上前來扶著棺林叫道陛下有甚麼放不下心處說與我等不要弄鬼驚駭了眷族魏徵道不是弄鬼此乃陛下還寬也快取器械來打開棺蓋果見太宗坐在裏面還叫渰死我了是誰救撈茂公等上前扶起道陛下甦醒莫怕臣等

都在此護駕哩。唐王方纔開眼道。朕當好苦。躲過陰司惡鬼難。又遭水面喪身之災。衆臣道。陛下寬心勿懼。有甚水災來。唐王道。我騎著馬。正行至渭水河邊。見雙頭魚戲。被朱太尉欺心。將朕推下馬來。跌落河中。幾乎淹死。魏徵道。陛下鬼氣尚未解。急著太醫院進安神定魄湯藥。又安排粥膳。連服一二次。方纔反本還原。知得人事。一計唐王死去已三晝夜。復回陽間爲君。有詩爲証。

萬古江山幾變更。歷來數代敗和成。周秦漢晉多奇事。
誰似唐王死復生。

當日天色已晚。衆臣請王歸寢。各各散訖。次早脫却孝衣。

換了絲服。一箇箇紅袍烏帽。一箇箇紫綬金章。在那朝門外等候宣召。却說太宗自服了安神定魄之劑。連進了數次粥湯。被眾臣扶入寢室。一夜穩睡。保養精神。直至天明方起。抖擻威儀。你看他怎生打扮。

戴一頂衝天冠。穿一領赭黃袍。繫一條藍田碧玉帶。踏一對創業無憂履。貌堂堂。賽過當朝。威烈烈。重興今日。好一箇清平有道的大唐王。起死回生的李陛下。

唐王上金鑾寶殿。聚集兩班文武。山呼已畢。依品分班。只聽得傳旨道。有事出班來奏。無事退朝。那東廂閃過徐世勣。魏徵。王珪。杜如晦。房玄齡。袁天罡。李淳風。許敬宗等。西廟閃過殷開山劉弘基馬三保段志賢程咬金秦叔寶胡敬德薛仁貴等一齊上前在白玉堦前俯伏故奏道陛下前朝一夢如何許久方覺太宗道朕前接得魏徵書自覺神魂出殿只見羽林軍請朕出獵正行時人馬無蹤又見那先君父王與先兄弟爭嚷正難解處見一人烏帽皂袍乃是判官崔珏喝退先兄弟朕將魏徵書傳遞與他正看時又見青衣者執幢旛引朕入內到森羅殿上與十代閻王敘坐他說那涇河龍誣告我許救轉殺之事是朕將前言陳具一遍他說已三曹對過案了急命取生死文簿簡看我的陽壽時有崔判官傳上簿子閻王看了道寡人有

三十三年天祿纔過得一十三年還該我二十年陽壽即
著朱太尉崔判官送朕回來朕與十王作別允了送他瓜
果謝恩自出了森羅殿見那陰司裏不忠不孝非禮非義
作踐五穀明欺暗騙大斗小秤姦盜詐偽淫邪欺罔之徒（著眼）
受那些磨燒舂剉之苦煎熬弔剝之刑有千千萬萬看之
不足又過著枉死城中有無數的冤魂盡都是六十四處
煙塵的艸寇七十二處叛賊的魂靈擋住了朕之來路幸
虧崔判官作保借得河南相老兒的金銀一庫買轉鬼魂
方解前行崔判官教朕回陽世千萬作一場水陸大會超
度那無主的孤魂將此言叮嚀分別出了那六道輪回之

下有朱太尉請朕上馬飛也相似行到渭水河邊我看見那水面上有雙頭魚戲正歡喜處他將我撮著脚推下水中朕方得還魂也衆臣聞此言無不稱賀遂此編行傳報天下各府縣官員上表稱慶不題却說太宗又傳旨赦天下罪人又查獄中重犯時有審官將刑部絞斬罪人查有四百餘名呈上太宗放赦回家拜辭父母兄弟托產與親戚子姪明年今日赴曹仍領應得之罪衆犯謝恩而退又出恤孤榜文又查宮中老幼綵女三千六百人出旨配軍自此內外俱善有詩爲証

大國唐王恩德洪道過堯舜萬民豐死囚四百皆離獄

怨女三千放出宮。天下多官稱上壽。朝中眾宰賀元龍。
善心一念天應佑。福蔭應傳十七宗。
太宗既放宮女出死囚已畢。又出御製榜文。徧傳天下。榜
曰。
乾坤浩大。日月照鑑分明。宇宙寬洪。天地不容姦黨。使
心用術。果報只在今生。善布淺求。獲福休言後世。千般
巧計。不如本分為人。萬種強徒。爭似隨緣節儉。心行慈
善。何須努力看經。意欲損人。空讀如來一藏。

名言

自此時蓋天下無一人不行善者。一壁廂又出招賢榜。招
人進瓜果到陰司裏去。一壁廂將寶藏庫金銀一庫。差鄂

國公胡敬德上河南開封府訪相良還債榜張數日有一赴命進瓜果的賢者本是均州人姓劉名全家有萬貫之資只因妻李翠蓮在門首拔金釵齋僧劉全罵了他幾句說他不遵婦道善出閨門李氏忍氣不過自縊而死撇下一雙兒女年幼晝夜悲啼（此等想頭奇甚）劉全又不忍見無奈遂捨了性命棄了家緣撇了兒女情愿以死進瓜將皇榜揭了來見唐王王傳旨意教他去金亭館裏頭頂一對南瓜袖帶黃錢口噙藥物那劉全果服毒而死一點魂靈頂著瓜果早到鬼門關上把關的鬼使喝道你是甚人敢來此處劉全道我奉大唐太宗皇帝欽差特進瓜果與十代閻王受用

的那鬼使欣然接引劉全逕至森羅寶殿見了閻王將瓜果進上道奉唐王旨意遠進瓜果以謝十王寬宥之恩閻王大喜道好一箇有信有德的太宗皇帝遂此收了瓜果便問那進瓜的人姓名那方人氏劉全道小人是均州城民籍姓劉名全因妻李氏縊死撇下兒女無人看管小人情愿捨家棄子捐軀報國特與我王進貢瓜果謝衆大王厚恩十王聞言即命查勘劉全妻李氏那鬼使速取來在森羅殿下與劉全夫妻相會訴罷前言回謝十王恩宥那閻王却檢生死簿子看時那夫妻們都有登仙之壽急差鬼使送回鬼使啟上道李翠蓮歸陰日久屍首無存魂將

何付。閻王道。唐御妹李玉英今該促死。你可借他屍首。教他還魂去也。那鬼使領命。即將劉全夫妻二人還魂。待定出了陰司。那陰風遶遶。徑到了長安大門。將劉全的魂靈。推入金亭館裏。將翠蓮的靈魂。帶進皇宮內院。只見那玉英宮主。正在花陰下。徐步綠苔而行。被鬼使撲個滿懷。推倒在地。活捉了他魂。卻將翠蓮的魂靈。推入玉英身內。鬼使回轉陰司不題。卻說宮院中的大小侍婢。見玉英跌死。急走金鑾殿。報與三宮皇后道。宮主娘娘跌死也。皇后大驚。隨報太宗。太宗聞言。點頭嘆曰。此事信有之也。朕曾問十代閻君。老幼安乎。他道。俱安。但恐御妹壽促。果中其言。

合宮人都來悲切。盡到花陰下看時只見那宮主微微有氣。唐王道莫哭莫哭。休驚了他。遂上前將御手扶起頭來。叫道御妹甦醒甦醒。那宮主忽的翻身。叫丈夫慢行。等我一等。太宗道御妹是我等在此宮主擡頭睜眼看道你是誰人。敢來扯我。太宗道是你皇兄皇嫂。宮主道我那里得箇甚麽皇兄皇嫂。我娘家姓李。我的乳名喚做李翠蓮。我丈夫姓劉名全。兩口兒都是均州人氏。因爲我三箇月前。拔金釵在門首齋僧。我丈夫怪我擅出內門。不遵婦道。罵了我幾句。是我氣塞胸堂。將白綾帶懸梁縊死。撇下一雙兒女。晝夜悲啼。今因我丈夫被唐王欽差付陰司進瓜果。

閻王憐憫放我夫妻回來他在前走因我來遲趕不上他我絆了一跌你等無禮不知姓名怎敢扯我太宗聞言與衆宮人道想是御妹跌昏了胡說哩傳旨教太醫院進湯藥將玉英扶入宮中唐王當殿忽有當駕官奏道萬歲今有進瓜果人劉全還魂在朝門外等旨唐王大驚急傳旨將劉全召進俯伏丹墀太宗問道進瓜果之事何如劉全道臣頂瓜果徑至鬼門關引上森羅殿見了那十代閻君將瓜果奉上備言我王慇懃致謝之意閻君甚喜多多拜上我王道真是箇有信有德的太宗皇帝唐王道你在陰司見些甚麼來劉全道臣不曾遠行沒見甚的只聞得閻

王問臣鄉貫姓名臣將棄家捨子因妻縊死願來進瓜之事說了一遍他急差鬼使引過我妻就在森羅殿下相會一壁廂又檢看死生文簿說我夫妻都有登仙之壽便差鬼使送回臣在前走我妻後行幸得還魂但不知妻投何所唐王驚問道那閻王可曾說你妻甚麼劉全道閻王不曾說甚麼只聽得鬼使說李翠蓮歸陰日久屍首無存閻王道唐御妹李玉英今該促死教翠蓮即借玉英屍還魂去罷臣不知唐御妹是甚地方家居何處我還未曾得去尋哩唐王聞奏滿心歡喜當對多官道朕別閻君曾問宮中之事他言老幼俱安但恐御妹壽促却纔御妹玉英花

陰下跌死朕急扶看須臾甦醒口叫丈夫慢行等我一等
朕只道是他跌昏了胡言又問他詳細他說的話與劉全
一般魏徵奏道御妹偶爾壽促少甦醒即說此言此是劉
全妻借屍還魂之事此事也有可請公主出來看他有甚
話說唐王道朕纔命太醫院去進藥不知何如便教妃嬪
入宮去請那宮主在裏面亂嚷道我吃甚麽藥這是那是
我家我家是清涼瓦屋不像這箇害黃病的房子花狸狐
哨的門扇放我出去放我出去正嚷處只見四五箇女官
兩三箇太監扶著他直至殿上唐王道你可認得你丈夫
麽玉英道說那裏話我兩箇從小兒的結髮夫妻與他生

男育女怎的不認得。唐王叫內官攙他下去。那宮主下了寶殿。直至白玉堦前。見了劉全。一把扯住道。丈夫你往那裏去。就不等我一等。我跌了一跌。被那些沒道理的人圍住我嚷。這是怎的說。那劉全聽他說的話是妻之言。觀其人非妻之面。不敢相認。唐王道。這正是山崩地裂有人見。捉生替死却難逢。好一箇有道的君王。即將御妹的粧奩衣物首飾。盡賞賜了劉全。就如陪嫁一般。又賜與他永免差徭的御旨。著他帶領御妹回去。他夫妻兩箇便在堦前謝了恩。歡歡喜喜還鄉。有詩為証。

人生人死是前緣。短短長長各有年。劉全進瓜回陽世借屍還魂李翠蓮。

他兩箇辭了君王，徑來均州城裏，見舊家業兒女俱好。兩口兒宣揚善果不題。却說那尉遲公將金銀壹庫上河南開封府，訪看相良。原來賣水爲活，同妻張氏在門首販賣烏盆瓦器營生，但賺得些錢兒，只以盤纏爲足，其多少齋僧布施，買金銀紙錠，記庫焚燒，故有此善果臻身。陽世間是一條好善的窮漢，那世裏却是箇積玉堆金的長者。尉遲恭將金銀送上他門，諕得那相公相婆魂飛魄散，又兼有本府官員茅舍外車馬駢集，那老兩口子如痴如瘂，跪在地下，只是磕頭禮拜。尉遲公道：老人家請起，我雖是箇欽差官却賫著我王的金銀送來還你他戰戰兢兢的荅道小的沒有甚麽金銀放債如何敢受這不明之財尉遲公道我也訪得你是箇窮漢只是你齋僧布施盡其所用就買辦金銀紙錠燒記陰司陰司裏有你積下的錢鈔是我太宗皇帝死去三日還魂復生曾在那陰司裏借了你一庫金銀今此照數送還與你你可一一收下等我好去回旨那相良兩口兒只是朝天禮拜那里敢受道小的若受了這些金銀就死得快了雖然是燒紙記庫此乃冥冥之事況萬歲爺爺那世裏借了金銀亦何憑據我決不敢受尉遲公道陛下說借你的東西有崔判官作保可証你收

下罷相良道就死也是不敢受的尉遲公見他苦苦推辭只得具本差人啟奏太宗見了本知相良不受金銀道此誠爲善良長者即傳旨教胡敬德將金銀與他修理寺院起蓋生祠請僧作善就當還他一般旨意到日敬德望闕謝恩宣旨衆皆知之遂將金銀買到城裏軍民無礙的地基一段周圍有五十畝寬闊在上興工起蓋寺院名勅建相國寺左有相公相婆的生祠鐫碑刻石上寫着尉遲公監造即今大相國寺是也工完回奏太宗甚喜却又聚集多官出榜招僧修建水陸大會超度冥府孤魂榜行天下着各處官員推選有道的高僧上長安做會那消箇月之

期。天下多僧俱到。唐王傳旨。著太史丞傅奕選舉高僧修建佛事。傅奕聞旨。即上疏止浮圖。以言無佛。表曰。（傅奕大是秀才氣）

西域之法。無君臣父子。以三塗六道。蒙誘愚蠢。追既往之罪。窺將來之福。口誦梵言。以圖偷免。且生死壽夭。本諸自然。刑德威福。係之人主。今聞俗徒矯託。皆云由佛。自五帝三王。未有佛法。君明臣忠。年祚長久。至漢明帝始立胡神。然惟西域桑門。自傳其教。實乃夷犯中國。不足爲信。

太宗聞言。遂將此表。擲付羣臣議之。時有宰相蕭瑀。出班俯顖奏曰。

佛法興自屢朝，弘善遏惡，冥助國家，理無廢棄。佛，聖人也。非聖者無法，請寘嚴刑。

傅奕與蕭瑀論辯，言禮本于事親事君，而佛背親出家，以匹夫抗天子，以繼體悖所親。蕭瑀不生于空桑，乃遵無父之教，正所謂非上者無親。蕭瑀但合掌曰：地獄之設，正爲是人。太宗召太僕卿張道源、中書令張士衡，問佛事營福，其應何如。二臣對曰：

傅奕傅奕憑你會說只是免地獄不

佛在清淨仁恕，果正佛空。周武帝以三教分次。大慧禪師有贊幽遠，歷衆供養而無不顯。五祖投胎，達摩現象。自古以來，皆云三教至尊而不可毀，不可廢。伏乞陛下聖鑒明裁。

太宗甚喜道。卿之言合理，再有所陳者罪之。遂著魏徵與蕭瑀張道源邀請諸佛，選舉一名有大德行者作壇主設建道場。衆皆頓首謝恩而退。自此時出了法律。但有毀僧謗佛者，斷其臂。次日三位朝臣聚衆僧在那山川壇裏逐一從頭查選，內中選得一名有德行的高僧。你道他是誰人。

靈通本諱號金蟬。只爲無心聽佛講，轉托塵凡苦受磨。降生世俗遭羅網，投胎落地就逢凶。未出之前臨惡黨，父是海州陳狀元，外公總管當朝長。出身命犯落紅星，順水隨波逐浪泱。海島金山有大緣。遷安和尚將他養。年方十八認親娘。特赴京都求外祖。總管開山調大軍。洪州剿寇誅凶黨。狀元光蕊脫天羅。子父相逢堪賀奬。復謁當今受主恩。靈煙閣上賢名響。恩官不受願爲僧。洪福沙門將道訪。小字江流古佛兒。法名喚做陳玄奘。

當日對衆舉出玄奘法師。這箇人自幼爲僧。出娘胎就持齋受戒。他外公見是當朝一路總管殷開山。他父親陳光蕊中狀元。官拜文淵殿大學士。一心不愛榮華。只喜修持寂滅。查得他根源又好。德行又高。千經萬典。無所不通。佛號仙音。無般不會。當時三位引至御前。揚塵舞蹈。拜罷奏曰臣瑀等蒙聖旨選得高僧一名陳玄奘太宗聞其名沉思良久道可是學士陳光蕊之兒玄奘否江流兒叩頭曰臣正是太宗喜道果然舉之不錯誠爲有德行有禪心的和尚朕賜你左僧綱右僧綱天下大闡都僧綱之職玄奘頓首謝恩受了大闡官爵又賜五綵織金袈裟一件毘盧帽一頂教他用心再拜明僧排次闍黎班首書辦旨意前赴化生寺擇定吉日良時開演經法玄奘再拜領旨而出遂到化生寺裏聚集多僧打造禪榻粧修功德整理音樂選得大小名僧共計一千二百名分派上中下三堂諸所佛前物件皆齊頭頭有次選到本年九月初三日黃道良

辰開啟做七七四十九日水陸大會即具表申奏太宗及文武國戚皇親俱至期赴會拈香聽講畢竟不知聖事何如且聽下回分解

總批

此回最爲奇幻劉全李翠蓮相公相婆俱從筆端幻出殊爲駭異而貫串傳奕蕭瑀事尤爲妙合常笑傳奕執着道理以秀才見識欲判斷天下事理不大愚癡乎善乎蕭公地獄之言可爲片言折獄也

第十二回

玄奘秉誠建大會　觀音顯象化金蟬

龍集貞觀正十三。王宣大衆把經談。道場開演無量法。雲霧光乘大願龕。御敕垂恩修上刹。金蟬脱殼化西涵。普施善果超沉没。秉教宣揚前後三。

貞觀十三年。歲次己巳。九月甲戌。初三日。癸卯良辰。陳玄奘大闡法師。聚集一千二百名高僧。都在長安城化生寺開演諸品妙經。那皇帝早朝已畢。帥文武多官。乘鳳輦龍車。出離金鑾寶殿。徑上寺來拈香。怎見那鑾駕。真個是

一天瑞氣。萬道祥光。仁風輕淡蕩。化日麗非常。千官環

佩分前後。五衛旌旗列兩旁。執金瓜、擎斧鉞、雙雙對對。絳紗燭。御爐香、靄靄堂堂。龍飛鳳舞、鶚薦鷹揚、聖明天子正。忠義大臣良。介福十年過舜禹、昇平萬代賽堯湯、又見那曲柄傘。滾龍袍、輝光相射、玉連環、彩鳳扇、瑞靄飄揚、珠冠玉帶、紫綬金章、護駕軍千隊、扶輿將兩行、隨皇帝沐浴虔誠尊敬佛皈依菩果喜拈香、唐王大駕、早到寺前、分付住了音樂響器、下了車輦、引著多官、拜佛拈香、三匝已畢、擡頭觀看、果然好座道場、但見幢幡飄舞、寶蓋飛輝、幢幡飄舞、凝空道道綵霞搖、寶蓋飛輝、映日翩翩紅電徹、世尊金象貌臻臻、羅漢玉容威

烈烈、瓶插仙花、鑪焚檀降、瓶插仙花、錦樹輝輝漫寶刹、
鑪焚檀降、香雲靄靄透清霄、時新果品砌朱盤、奇樣糖
酥堆綵案、高僧羅列誦真經、願拔孤魂離苦難、
太宗文武俱各拈香、拜了佛祖金身、參了羅漢、又見那大
闡都綱陳玄奘法師、引衆僧羅拜唐王、禮畢、分班各安禪
位、法師獻上濟孤榜文與太宗看、榜曰、
至德渺茫、禪宗寂滅、清淨靈通、周流三界、千變萬化、統
攝陰陽、體用真常、無窮極矣、觀彼孤魂、深宜哀愍、此是
奉
太宗聖命、選集諸僧、參禪講法、大開方便門庭、廣運慈悲

舟楫、普濟苦海群生、脫免沈痾六趣。引歸真路。普翫鴻濛、動止無爲、混成絕素、仗此良因、邀賞清都絳闕、乘吾勝會、脫離地獄凡籠、早登極樂任逍遙、求往西方隨自在。詩曰

一爐永壽香、一卷超生籙、無邊妙法宣、無際天恩沐。冤孽盡消除、孤魂皆出獄、願保我邦家、清平萬咸福、

太宗看了、滿心歡喜、對衆僧道、汝等秉立丹衷、切休怠慢佛事、待後功成完備、各各福有所歸、朕當重賞、决不空勞、那一千二百僧、一齊頓首稱謝、當日三齋已畢、唐王駕回、待七日正會、復請拈香、時天色將晚、各官俱退、怎見得好晚、你看那

萬里長空淡落暉歸鴉數點下樓遲滿城燈火人煙寂
正是禪僧入定時
一宿晚景題過次早法師又昇坐聚衆誦經不題却說南海普陀山觀世音菩薩自領了如來佛旨在長安城訪察取經的善人日久未逢真實有德行者忽聞得太宗宣揚善果選舉高僧開建大會又見得法師壇主乃是江流兒和尚正是極樂中降來的佛子又是他原引送投胎的長老菩薩十分歡喜就將佛賜的寶貝捧上長街與木叉貨賣你道他是何寶貝有一件錦襴異寶袈裟九環錫杖還有那金緊禁三箇箍兒密密藏收以俟後用只將袈裟錫

杖出賣長安城裏有那選不中的愚僧倒有幾貫村鈔見菩薩變化個疥癩形容身穿破衲赤脚光頭將袈裟捧定豔豔生光他上前問道那癩和尚你的袈裟要賣多少價錢菩薩道袈裟價值五千兩錫杖價值二千兩那愚僧笑道這兩個癩和尚是風子是傻子這兩件粗物就賣得七千兩銀子只是除非穿上身長生不老就得成佛作祖也値不得這許多拿了去賣不成那菩薩更不爭炒與木叉往前又走行的多時來到東華門前正撞著宰相蕭瑀散朝而回衆頭踏喝開街道那菩薩公然不避當街上拿著袈裟徑迎著宰相宰相勒馬觀看見袈裟豔豔生光著手

下人問那賣袈裟的、要價幾何、菩薩道、袈裟要五千兩、錫杖要二千兩。蕭瑀道、有何好處、值這般高價。菩薩道、袈裟有好處、有不好處、有要錢處、有不要錢處。蕭瑀道、何爲好、何爲不好。菩薩道、著了我袈裟、不入沉淪、不墮地獄、不遭惡毒之難、不遇虎狼之災、便是好處。若貪婬樂禍的愚僧、不齋不戒的和尚、毀經謗佛的凡夫、難見我袈裟之面、這便是不好處。又問道、何爲要錢不要錢。菩薩道、不遵佛法、不敬三寶、強買袈裟錫杖、定要賣他七千兩、這便是要錢。若敬重三寶、見善隨喜、皈依我佛、承受得起、我將袈裟錫杖、情願送他、與我結個善緣、這便是不要錢。蕭瑀聞言倍添春色。知他是個好人。卽便下馬。與菩薩以禮相見。曰。大法長老。恕我蕭瑀之罪。我大唐皇帝。十分好善。滿朝的文武。無不奉行。卽今起建水陸大會。這袈裟正好與大都闍陳玄奘法師穿用。我和你入朝見駕去來。菩薩欣然從之。撥轉步。徑進東華門裏。黃門官轉奏。蒙旨宣至寶殿。見蕭瑀、引著兩個疥癩僧人立於階下。唐王問曰。蕭瑀來奏何事。蕭瑀俯伏階前道。臣出了東華門前。偶遇二僧。乃賣袈裟與錫杖者。臣思法師玄奘可著此服。故領僧人啟奏。太宗大喜。便問那袈裟價值幾何。菩薩與木叉侍立階下。更不行禮。因問袈裟之價。答道。袈裟五千兩。錫杖二千兩

太宗道、那袈裟有何好處、就值許多菩薩道、這袈裟
龍披一縷、免大鵬吞噬之災、鶴掛一絲、得超凡入聖之
妙、但坐處、有萬神朝禮、凡舉動、有七佛隨身、這袈裟是
冰蚕造繭抽絲、巧匠翻騰為線、仙娥織就、神女機成、方
方簇幅綉花縫、片片相幫堆錦簆、玲瓏散碎鬬粧花、色
亮飄光噴寶艷、穿上滿身紅霧遶、脫來一段綵雲飛、三
天門外透元光、五岳山前生寶氣、重重嵌就西番蓮、灼
灼懸珠星斗象、四角上有夜明珠、攢頂間一顆祖母綠、
雖無全照原本體、也有生光八寶攢、這袈裟、開時折疊
遇聖纔穿、開時折疊、千層包裹透虹霓、遇聖纔穿驚動

諸天神鬼怕上邊有如意珠、摩尼珠、辟塵珠、定風珠、又有那紅瑪瑙、紫珊瑚、夜明珠、舍利子、偷月沁白、與日爭紅、條條仙氣盈空、朵朵祥光捧聖、條條仙氣盈空、照徹了天關、朵朵祥光捧聖、影遍了世界、照山川、驚虎豹、影海島、動魚龍、沿邊兩道銷金鎖、叩領連環白玉琮、詩曰、

三寶巍巍道可尊、四生六道盡評論、明心解養人天法、見性能傳智慧燈、護體莊嚴金世界、身心清淨玉壺冰、自從佛製袈裟後、萬劫誰能敢斷僧、

唐王在那寶殿上、聞言十分歡喜、又問那和尚、九環杖有甚好處、菩薩道、我這錫杖是那

銅鑲鐵造九連環九節仙籐永注顏入手厭看青骨瘦
下山輕帶白雲還摩訶五祖游天闕羅卜尋娘破地關
不染紅塵些子穢喜伴神僧上玉山
唐王聞言即命展開袈裟從頭細看果然是件好物道大
法長老實不瞞你朕今大開善教廣種福田見在那化生
寺聚集多僧敷演經法內中有一個大有德行者法名玄
奘朕買你這兩件寶物賜他受用你端的要價幾何菩薩
聞言與木叉合掌皈依道聲佛號躬身上啟道既有德行
貧僧情愿送他決不要錢說罷抽身便走唐王急著蕭瑀
扯住欠身立于殿上問曰你原說袈裟五千兩錫杖二千

兩你見朕要買就不要錢敢是說朕心倚恃君位強要你
的物件更無此理朕照你原價奉償却不可推避菩薩起
手道貧僧有愿在前原說果有敬重三寶見善隨喜皈依
我佛不要錢愿送與他今見陛下明德正善敬我佛門况
又高僧有德有行宣揚大法理當奉上决不要錢貧僧願
留下此物告回唐王見他這等懇懇甚喜隨命光祿寺大
排素宴酬謝菩薩又堅辭不受暢然而去依舊望都土地
廟中隱避不題却說太宗設午朝著魏徵賫旨宣玄奘入
朝那法師正聚衆登壇諷經誦偈一聞有旨隨下壇整衣
與魏徵同往見駕太宗道求證善事有勞法師無物酬謝

早聞蕭瑀迎著二僧願送錦襴異寶袈裟一件九環錫杖一條今特召法師領去受用玄奘叩頭謝恩太宗道法師如不棄可穿上與朕看看長老遂將袈裟抖開披在身上手持錫杖侍立階前君臣個個欣然誠爲如來佛子你看他

凜凜威顏多雅秀佛衣可體如裁就輝光艷艷滿乾坤結綵紛紛凝宇宙朗朗明珠上下排層層金線穿前後兜羅四面錦沿邊萬樣希奇鋪綺繡八寶粧花縛鈕絲金環束領攀絨扣佛天大小列高低星象尊卑分左右玄奘法師大有緣現前此物堪承受渾如十八阿羅漢

賽過西方真覺秀。錫杖叮噹鬬九環，毘盧帽映多豐厚。誠為佛子不虛傳，勝似菩提無詐謬。

當時文武皆前喝采，太宗喜之不勝，即著法師穿了袈裟，持了寶杖，又賜兩隊儀從，眾多官送出朝門，教他上大街行道，往寺裏去，就如中狀元遊街的一般。這去玄奘再拜謝恩，在那大街上，烈烈轟轟，搖搖擺擺。你看那長安城裏，行商坐賈，公子王孫，墨客文人，大男小女，無不爭看誇獎，俱道：「好個法師！真是個羅漢下降，活菩薩臨凡。」玄奘直至寺裏，僧人出寺來迎。一見他披此袈裟，執此錫杖，都道是地藏王來了，各各歸依，侍于左右。玄奘上殿，炷香禮佛，又

對衆感述聖恩已畢各歸禪座又不覺紅輪西墜正是那
日落煙迷草樹帝都鍾鼓初鳴叮叮三響斷人行前後
街前寂靜上刹輝煌燈火孤村冷落無聲禪僧入定理
殘經正好鍊魔養性
光陰撚指卻當七日正會玄奘又具表請唐王拈香此時
善聲遍滿天下太宗即排駕率文武多官后妃國戚早赴
寺裏那一城人無論大小尊卑俱詣寺聽講當有菩薩與
木叉道今日是水陸正會以一七繼七七可矣了我和你
襍在衆人叢中一則看他那會何如二則看金蟬子可有
福穿我的寶貝三則也聽他講的是那一門經法兩人隨

投寺裏正是有緣得遇舊相識般若還歸本道場入到寺裏觀看真個是天朝大國果勝娑婆賽過祇園舍衛也不亞上刹招提那一派仙音响喨佛號喧譁這菩薩直至多寶臺邊果然是明智金禪之相詩曰

萬象澄明絕點埃大典玄奘坐高臺超生孤魂暗中到
聽法高流市上來施物應機心路遠出生隨意藏門開
對看講出無量法老幼人人放喜懷又詩曰

因遊法界講堂中逢見相知不俗同盡說目前千萬事
又談塵劫許多功法雲容曳舒羣岳教網張羅滿太空
檢點人生歸善念紛紛天雨落花紅

那法師在臺上念一會受生度亡經談一會安邦天寶篆又宣一會勸修功卷這菩薩近前來拍著寶臺厲聲高叫道那和尚你只會談小乘教法可會談大乘教法麼玄奘聞言心中大喜翻身跳下臺來對菩薩起手道老師父弟子失瞻多罪見前的蓋衆僧人都講的是小乘教法卻不知大乘教法如何菩薩道你這小乘教法度不得亡者超昇只可渾俗和光而已我有大乘佛法三藏能超亡者昇天能度難人脫苦能修無量壽身能作無來無去正講處有那司香巡堂官急奏唐王道法師正講談妙法被兩個疥癩遊僧扯下來亂說胡話王令擒來只見許多人將二

僧推擁進後法堂見了太宗那僧人手也不起拜也不拜
仰面道陛下問我何事唐王却認得他道你是前日送袈
裟的和尚菩薩道正是太宗道你既來此處聽講只該吃
些齋便了爲何與我法師亂講擾亂經堂誤我佛事菩薩
道你那法師講的是小乘教法度不得亡者昇天我有大
乘佛法三藏可以度亡脫苦壽身無壞太宗正色喜問道
你那大乘佛法在于何處菩薩道在大西天天竺國大雷
音寺我佛如來處能解百寃之結能消无妄之災太宗道
你可記得麽菩薩道我記得太宗大喜道教法師引去請
上臺開講那菩薩帶了木义飛上高臺遂踏祥雲直至九

霄現出救苦原身托了淨瓶楊柳左邊是木叉惠岸執著
棍抖擻精神喜的個唐王朝天禮拜衆文武跪地焚香滿
寺中僧尼道俗士人工賈無一人不拜禱道好菩薩好菩
薩有詩爲証但見那
　瑞靄散繽紛祥光護法身九霄華漢裏現出女真人那
菩薩頭上戴一頂金葉紐翠花鋪放金光生瑞氣的垂
珠纓絡身上穿一領淡淡色淺淺粧盤金龍飛綵鳳的
結素藍袍胸前掛一面對月明舞清風雜寶珠攢翠玉
的砌香環珮腰間繫一條冰蠶絲織金邊登綵雲促瑤
海的錦繡絨裙面前又領一個飛東洋遊普世感恩行

孝黃毛紅嘴白鸚鵡手內托著一個施恩濟世的寶瓶瓶內插著一枝洒青霄撒太惡掃開殘霧垂揚柳玉環穿綉叩金蓮足下深三天許出入這纔是救苦救難觀世音

喜的個唐太宗忘了江山愛的那文武官失却朝禮盖衆多人都念南無觀世音菩薩太宗即傳旨教巧手丹青描下菩薩真像旨意一聲選出個圖神寫聖遠見高明的吳道子此人即後圖功臣于凌煙閣者當時展開妙筆圖寫異形那菩薩祥雲漸遠霎時間不見了金光只見那半空中滴流流落下一張簡帖上有幾句頌子寫得明白頌曰

禮上大唐君西方有妙文程途十萬八千里乘大進慇懃此經回上國能超鬼出群若有肯去者求正果金身太宗見了頌子即命衆僧且收勝會待我差人取得大乘經來再秉丹誠從修善果衆官無不遵依當時在寺中問曰誰肯領朕旨意上西天拜佛求經問不了傍邊閃過法師帝前施禮道貧僧不才願效犬馬之勞與陛下求取真經祈保我王江山永固唐王大喜上前將御手扶起道法師果能盡此忠賢不怕程途遙遠跋踄山川朕情願與你拜爲兄弟玄奘頓首謝恩唐王果是十分賢德就去那寺裏佛前與玄奘拜了四拜口稱御弟聖僧玄奘感謝不盡

道陛下貧僧有何德何能敢蒙天恩眷顧如此我這一去定要捐軀努力直至西天如不到西天不得眞經即死也不敢回國永墮沉淪地獄隨在佛前拈香以此爲誓唐王甚喜即命回鑾待選良利日辰發牒出行遂此駕回各散玄奘亦回洪福寺裏那本寺多僧與幾個徒弟早聞取經之事都來相見因問發誓願上西天實否玄奘道是實他徒弟道師父呵嘗聞人言西天路遠更多虎豹妖魔只怕有去無回難保身命玄奘道我已發了弘誓大願不取眞經永墮沉淪地獄大抵是受王恩寵不得不盡忠以報國耳我此去眞是渺渺茫茫吉凶難定又道徒弟們我去之

後或三二年或五七年但看那山門裏松枝頭向東我即回來不然斷不回矣衆徒將此言切切而記次早太宗設朝聚集文武寫了取經文牒用了通行寶即有欽天監奏曰今日是人專吉星堪宜出行遠路唐王大喜又見黄門官奏道御弟法師朝門外候旨隨即宣上寶殿道御弟今日是出行吉日這是通關文牒朕又有一個紫金鉢盂送你途中化齋而用再選兩個長行的從者又銀韂的馬一疋送爲遠行脚力你可就此行程玄奘大喜即便謝了恩領了物事更無留滯之意唐王排駕與多官同送至關外只見那洪福寺僧與諸徒將玄奘的冬夏衣服俱送在關

外相等唐王見了先教收拾行囊馬匹俱備然後着官人執壺酌酒太宗舉爵又問曰御弟雅號甚稱玄奘道貧僧出家人未敢稱號太宗道當時菩薩說西天有經三藏御弟可指經取號號作三藏何如玄奘又謝恩接了御酒道陛下酒乃僧家頭一戒貧僧自爲人不會飲酒太宗道今日之行比他事不同此乃素酒只飲此一杯以盡朕奉餞之意三藏不敢不受接了酒方待要飲只見太宗低頭將

捻指想頭亦奇

御指拾一撮塵土彈入酒中三藏不解其意太宗笑道御弟呵這一去到西天幾時可回三藏道只在三年徑回上國太宗道日久年深山遙路遠御弟可進此酒寧戀本鄉

一捻土莫愛他鄉萬兩金三藏方悟捻土之意復謝恩飲盡辭謝出關而去唐王駕回畢竟不知此去何如且聽下回分解

總批

菩薩自在佛祖如來巳將自性本來面目招由只此巳了緣何又要取經大有微意葢性教不可偏廢天人斷當相湊有性不學也不濟事所以取經者見當從經論入也不從經論入者此性光終不顯露此孔夫子所以亦從學字説起

# 第十三回

## 陷虎穴金星解厄　雙叉嶺伯欽留僧

大有唐王降勅封。欽差玄奘問禪宗。堅心磨琢尋龍穴。着意修持上鷲峰。邊界遠遊多少國。雲山前度萬千重。自今別駕投西去。秉教加持悟大空。

却說三藏自貞觀十三年九月望前三日。蒙唐王與多官送出長安關外。一二日馬不停蹄。早至法雲寺。本寺住持上房長老。帶頭衆僧有五百餘人。兩邊羅列。接至裏面。相見獻茶。茶罷進齋。齋後不覺天晚。正是那

影動星河近。月明無點塵。鴈聲鳴遠漢。砧韻響西鄰。歸

鳥棲枯樹。禪僧講梵音。蒲團一榻上。坐到夜將分。衆僧們燈下議論佛門定旨。上西天取經的原由。有的說水遠山高。有的說路多虎豹。有的說峻嶺陡崖難度。有的說毒魔惡怪難降。三藏箝口不言。但以手指自心。點頭幾度。衆僧們莫解其意。合掌請問道。法師指心點頭者何也。三藏答曰。心生種種魔生。心滅種種魔滅。我弟子曾在化生寺對佛說下洪誓大願。不由我不盡此心。這一去。定要到西天見佛求經。使我們法輪回轉。願聖王皇圖永固。衆僧聞得此言。人人稱羨。個個宣揚。都叫一聲忠心赤膽大闡法師。誇讚不盡。請師入榻安寐。早又是竹敲殘月落。雞唱曉雲生那衆僧起來收拾茶水早齋玄奘遂穿了袈裟上正殿佛前禮拜道弟子陳玄奘前往西天取經但肉眼愚迷不識活佛真形今願立誓路中逢廟燒香遇佛拜佛遇塔掃塔但願我佛慈悲早現丈六金身賜真經留傳東土祝罷回方丈進齋齋畢那二從者整頓了鞍馬促儹行程三藏出了山門辭別衆僧衆僧不忍分別直送有十里之遙揜淚而返三藏遂直西前進正是那季秋天氣但見

數村木落蘆花碎幾樹楓楊紅葉墜路途煙雨故人稀黃菊麗山骨細水寒荷破人憔悴白蘋紅蓼霜天雪落霞孤鶩長空墜依稀黯淡野雲飛玄鳥去賓鴻至嘹嘹

嚦嚦聲宵碎

師徒們行了數日到了鞏州城早有鞏州合屬官吏人等迎接入城中安歇一夜次早出城前去一路饑飡渴飲夜住曉行者三日又至河州衛此乃是大唐的山河邊界早有鎮邊的總兵與本處僧道聞得是欽差御弟法師上西方見佛無不恭敬接至裏面供給了着僧綱請往福原寺安歇本寺僧人一一參見安排晚齋齋畢分付二從者飽喂馬匹天不明就行及雞方鳴隨喚從者却又驚動寺僧整治茶湯齋供齋罷出離邊界這長老心忙太起早了原來此時秋深時節雞鳴得早只好有四更天氣一行三人

連馬四口迎着清霜看着明月行有數十里遠近見一山
頻只得撥草尋路說不盡崚嶒難走又恐走錯了路逕正
疑思之間忽然失足三人連馬都跌落坑坎之中三藏心
慌從者膽戰却纔悚懼又聞得裏面哮吼高呼叫拿將來
拿將來只見狂風滚滚推出五六十個妖邪將三藏從者
揪了上去這法師戰戰兢兢的偷睛觀看上面坐的那魔
王十分兇惡真個是

雄威身凛凛猛氣貌堂堂電目飛光艷雷聲振四方鋸
牙舒口外鑿齒露腮傍錦繡圍身體文斑裹脊梁鋼鬚
稀見肉鈎爪利如霜東海黄公懼南山白額王

諕得個三藏魂飛魄散二從者骨軟觔麻魔王喝令綁了衆妖一齊將三人用繩索綁縛正要安排吞食只聽得外面喧嘩有人來報熊山君與特處士二位來也三藏聞言擡頭觀看前走的是一條黑漢你道他是怎生模樣

雄豪多膽量輕健夯身軀涉水惟兇力跑林逞怒威向來符吉夢今獨露英姿綠樹能攀折知寒善諭時准靈惟顯處故此號山君

又見那後邊來的是一條胖漢你道怎生模樣

嵯峨雙角冠端肅聳肩背性服青衣穩蹄步多遲滯宗名父作牯原號母稱牸能爲田者功因名特處士

這兩個搖搖擺擺走入裡面慌得那魔王奔山迎接熊山君道寅將軍一向得意可賀可賀特處士道寅將軍丰姿勝常真可喜真可喜魔王道二公連日如何山君道惟守（若能守素隨時非畜類矣）素耳處士道惟隨時耳三個叙罷各坐談笑只見那從者綁得痛切悲啼那黑漢道此三者何來魔王道自送上門來者處士笑云可能待客否魔王道奉承奉承山君道不可盡用食其二留其一可也魔王領諾即呼左右將二從者剖腹剜心剁碎其屍將首級與心肝奉獻二客將四肢自食其餘骨肉分給各妖只聽得嘓啅之聲真似虎啖羊羔霎時食盡把一個長老幾乎諕死這才是初出長安第

一塲苦難正慞慌之間漸漸的東方發白那二怪至天曉
方散俱道今日厚擾容日竭誠奉酬方一擁而退不一時
紅日高昇三藏昏昏沉沉也辨不得東西南北正在那不
得命處忽然見一老叟手持拄杖而來走上前用手一拂
繩索皆斷對面吹了一口氣三藏方甦跪拜于地道多謝
老公公搭救貧僧性命老叟荅禮道你起來你可曾踈失
了甚麼東西三藏道貧僧的從人已是被怪食了只不知
行李馬疋在于何處老叟用杖指道那廂不是一疋馬兩
個包袱三藏回頭看時果是他的物件並不曾失落心纔
略放下些問老叟曰老公公此處是甚所在公公何由在

此老叟道此是雙叉嶺乃虎狼巢穴處你爲何墮此三藏道貧僧雞鳴時出河州衛界不料起得早了冒霜撥露忽失落此地見一魔王兇頑太甚將貧僧與二從者綁了又見一條黑漢稱是熊山君一條胖漢稱是特處士走進來稱那魔王是寅將軍他三個把我二從者吃了天明纔散不知我是那里有這大緣大分感得老公公來此救我老叟道處士者是個野牛精山君者是個熊羆精寅將軍者是個老虎精左右妖邪盡都是山精樹鬼怪獸蒼狼只因你的本性元明所以吃不得你你跟我來引你上路三藏不勝感激將包袱稍在馬上牽着繮繩相隨老叟徑出了

坑坎之中，走上大路，却將馬拴在道傍草頭上，轉身拜謝那公公。那公公遂化作一陣清風，跨一隻硃頂白鶴，騰空而去。只見風飄飄遺下一張簡帖，書上四句頌子。頌曰：

吾乃西天太白星，特來搭救汝生靈。前行自有神徒助，莫為艱難報怨經。

三藏看了，對天禮拜道：「多謝金星度脫此難。」拜畢，牽了馬匹，獨自個孤孤恓恓，往前苦進。這嶺上真個是：

寒颼颼雨林風，响潺潺澗下水。香馥馥野花開，密叢叢亂石磊。鬧嚷嚷鹿與猿，一隊隊獐和麂。喧雜雜鳥聲多，靜悄悄人事靡。那長老戰兢兢心不寧，這馬兒力怯蹄難進。

三藏捨身拚命上了那峻嶺之間行經半日更不見個人煙村舍一則腹中饑了二則路又不平正在危急之際只見前面有兩隻猛虎咆哮後邊有幾條長蛇盤繞左有毒蟲右有怪獸三藏孤身無策只得放下身心聽天所命（着眼人能常時如此則近道矣）又無奈那馬腰軟蹄彎即便跪下伏倒在地打又打不起牽又牽不動苦得個法師襯身無地真個有萬分悽楚已自分必死莫可奈何却說他雖有災迍却有救星正在那不得命處忽然見毒蟲奔走妖獸飛逃猛虎潛踪長蛇隱跡三藏擡頭看時只見一人手執鋼叉腰懸弓箭自那山坡前轉出果然是一條好漢你看他

頭上戴一頂艾葉花斑豹皮帽，身上穿一領羊絨織錦叵羅衣，腰間束一條獅蠻帶，脚下躧一對麂皮靴。環眼圓睛如弔客，圈鬚亂擾似河奎。懸一囊毒藥弓矢，拿一桿點鋼大叉。雷聲震破山虫膽，勇猛驚殘野雉魂。

三藏見他來得漸近，跪在路傍，合掌高叫道：「大王救命！大王救命！」那條漢到跟前，放下鋼叉，用手挽起道：「長老休怕，我不是歹人，我是這山中的獵戶，姓劉名伯欽，綽號鎮山太保。我才自來要尋兩隻山虫食用，不期遇着你，多有沖撞。」三藏道：「貧僧是大唐駕下欽差往西天拜佛求經的和尚，適間來到此處，遇著些狼虎蛇虫，四邊圍繞，不能前進。

忽見太保來衆獸皆走救了貧僧性命多謝多謝伯欽道我在這裏住人專倚打些狼虎爲生捉些蛇虫過活故此衆獸怕我走了你既是唐朝來的與我都是鄉里此間還是大唐的地界我也是唐朝的百姓我和你同食皇王的

如今一家分爲異趙況伯欽與三藏乃昔認爲一國所見遠矣

水土誠然是一國之人你休怕跟我來到我舍下歇馬明朝我送你上路三藏聞言滿心歡喜謝了伯欽牽馬隨行過了山坡又聽得呼呼風響伯欽道長老休走坐在此間風響處是個山猫來了等我拿他家去管待你三藏見說又膽戰心驚不敢舉步那太保執了鋼叉拽開步迎將上去只見一隻斑爛虎對面撞見他看見伯欽急回頭就走

這太保霹靂一聲咄道業畜那裏走那虎見赶得急轉身輪爪撲來這太保三股叉舉手迎敵諕得個三藏軟癱在卯地這和尚自出娘肚皮那曾見這樣兇險的勾當太保與那虎在那山坡下人虎相持果是一場好鬬但見

怒氣紛紛狂風滾滾怒氣紛紛太保衝冠多膂力狂風滾滾斑彪逞勢噴紅塵那一個張牙舞爪這一個轉步迴身三股叉擎天幌日千花尾擾霧飛雲這一個當胸亂刺那一個劈面來吞閃過的再生人道撞著的定見閻君只聽得那斑彪哮吼太保聲哏斑彪哮吼振裂山川驚鳥獸太保聲哏喝開天府現星辰那一個金睛怒

出這一個壯胆生嗔可愛鎮山劉太保堪誇據地獸之君人虎貪生爭勝負些兒有慢丧三寃他兩個鬬了有一個時辰只見那虎爪慢腰鬆被太保舉叉平胸刺倒可憐呵鋼叉尖穿透心肝霎時間血流滿地揪着耳躲拖上路來好男子氣不連喘面不改色對三藏道造化造化這隻山猫勾長老食用幾日三藏誇讚不盡道太保真山神也伯欽道有何本事敢勞過獎這個是長老的洪福去來赶早兒剝了皮煑些肉管待你也他一隻手執着叉一隻手拖著虎在前引路三藏牽着馬隨後而行迤逦行過山坡忽見一座山庄那門前真個是

參天古樹漫路荒籐萬壑風颼冷千崖氣象奇一徑野花香襲體數竿幽竹綠依依卓門樓籬笆院堪描堪畫石板橋白土壁真樂真稀秋容蕭索爽氣孤高道傍黃葉落嶺上白雲飄疎林內山禽聒聒莊門外細犬嘹嘹伯欽到了門首將死虎擲下叫小的們何在只見走出三四個家僮都是怪形惡相之類上前拖拖拉拉把隻虎扛將進去伯欽分付教趕早剝了皮安排將來待客復回頭迎接三藏進內彼此相見三藏又拜謝伯欽厚恩憐憫救命伯欽道同鄉之人何勞致謝坐定茶罷有一老嫗領着一個媳婦對三藏進禮伯欽道此是家母山妻三藏道請

令堂上坐貧僧奉拜老嫗道長老遠客各請自珍不勞拜
罷伯欽道母親呵他是唐王駕下差往西天見佛求經者
適間在嶺頭上遇着孩兒孩兒念一國之人請他來家歇
馬明日送他上路老嫗聞言十分懽喜道好好好就是請
他不得這般恰好明日你父親週忌就浼長老做些好事
念卷經文到後日送他去罷這劉伯欽雖是一個殺虎手
鎮山的太保他却有些孝順之心聞得母言就要安排香
紙留住三藏說話間不覺的天色將晚小的們排開卓凳
拿幾盤爛熟虎肉熱騰騰的放在上面伯欽請三藏權用
再另辦飯三藏合掌當胸道善哉貧僧不瞞太保說自出

娘胎就做和尚更不曉得吃葷伯欽聞得此說沉吟了半晌道長老寒家（是個人家）歷代以來不曉得吃素就是有些竹筍採些木耳尋些乾菜做些豆腐也都是獐鹿虎豹的油煎却無甚素處有兩眼鍋竈也都是油膩透了這等如何反是我請長老的不是三藏道太保不必多心請自受用我貧僧就是三五日不吃飯也可忍飢只是不敢破了齋戒伯欽道倘或餓死却如之何三藏道感得太保天恩搭救出虎狼叢裏就是餓死也強如喂虎伯欽的母親聞說叫道孩兒不要與長老閑講我自有素物可以管待伯欽道素物何來母親道你莫管我我自有素的叫媳婦將小鍋取

下着火燒了油膩刷了又刷洗了又洗却仍安在竈上先燒半鍋滚水別用却又將些山地榆葉子著水煎作茶湯然後將些黃粮粟米煮起飯來又把些乾菜煮熟盛了兩碗拿出來鋪在卓上老母對着三藏道長老請齋這是老身與兒婦親自動手整理的極潔極淨的茶飯三藏下來謝了方纔上坐那伯欽另設一處鋪排些沒盐沒醬的老虎肉香獐肉蟒蛇肉狐狸肉兎肉點剝鹿肉乾巴滿盤滿碗的陪着三藏吃齋方坐下心欲舉筯只見三藏合掌誦經諕得伯欽不敢動筯急起身立在傍邊三藏念不數句却教請齋伯欽道你是個念短頭經的和尚三藏道此非

念經乃是一卷揭齋之呪伯欽道你們出家人偏有許多計較吃飯便也念誦念誦吃了齋飯收了盤碗漸漸天晚伯欽引着三藏出中宅到後面走走穿過夾道有一座艸亭推開門入到裡面只見那四壁上掛幾張強弓硬弩插幾壺箭過梁上搭兩塊血腥的虎皮牆根頭插着許多鎗刀叉棒正中間設兩張坐器伯欽請三藏坐坐三藏見這般兇險腌臢不敢久坐遂出了艸亭又往後再行是一座大園子却看不盡那叢叢菊蘂堆黃樹樹楓楊掛赤又見呼的一聲跑出十來隻肥鹿一大陣黃獐見了人呢呢痴痴更不恐懼三藏道這獐鹿想是太保養家了的伯欽道

似你那長安城中人家有錢的集財寶有庄的集聚稻糧似我們這打獵的只得聚養些野獸備天陰耳他兩個說話閑行不覺黃昏復轉前宅安歇次早那家老小都起來就整素齋管待長老請開啟念經這長老淨了手同太保家堂前拈了香拜了家堂三藏方敲響木魚先念了淨口業的真言又念了淨身心的神咒然後開度亡經一卷誦畢伯欽又請寫薦亡疏一道再開念金剛經觀音經一一朗音高誦誦畢吃了午齋又念法華經彌陀經各誦幾卷又念一卷孔雀經及談苾蒭洗業的故事早又天晚獻過了種種香火化了衆神紙馬燒了薦亡文疏佛事已畢又

各安寢却說那伯欽的父親之靈超薦得脫沉淪鬼魂兒早來到東家宅內托一夢與合宅長幼道我在陰司裏苦難難脫日久不得超生今幸得聖僧念了經卷消了我的罪業閻王差人送我上中華富地長者人家托生去了你們可好生謝送長老不要怠慢不要怠慢我去也這纔是萬法莊嚴端有意薦亡離苦出沉淪那合家兒夢醒又早太陽東上伯欽的娘子道太保我今夜夢見公公來家說他在陰司苦難難脫日久不得超生今幸得聖僧念了經卷消了他的罪業閻王差人送他上中華富地長者人家托生去教我們好生謝那長老不得怠慢他說罷徑出門徜

徉去了我們叫他不應留他不住醒來却是一夢伯欽道我也是那等一夢與你一般我們起去對母親說去他兩口子正欲去說只見老母叫道伯欽孩兒你來我與你說話二人至前老母坐在牀上道兒呵我今夜得了個喜夢夢見你父親來家說多虧了長老超度已消了罪業上中華富地長者家去托生夫妻們俱呵呵大笑道我與媳婦皆有此夢正來告禀不期母親呼喚也是此夢遂叫一家大小起來安排謝意替他收拾馬匹都至前拜謝道多謝長老超薦我亡父脫難超生報荅不盡三藏道貧僧有何能處敢勞致謝伯欽把三口兒的夢話對三藏陳訴一遍

三藏也喜早供給了素齋又具白銀一兩爲謝三藏分文不受一家兒又懇懇拜央三藏畢竟分文未受但道是你肯發慈悲送我一程足感至愛伯欽與母妻無奈急做了些粗麵燒餅乾糧叫伯欽遠送三藏懽喜收納太保領了母命又喚兩三個家僮各帶捕獵的器械同上大路看不盡那山中野景顛上風光行經半日只見對面處有一座大山真個是高接青霄崔巍險峻三藏不一時到了邊前那太保登此山如行平地走到半山之中伯欽回身立于路下道長老你自前進我却告回三藏聞言滾鞍下馬道千萬敢勞太保再送一程伯欽道長老不知此山喚做

兩界山。東半邊屬我大唐所管。西半邊乃是韃靼的地界。那廂狼虎。不伏我降。我却也不能過界。故此告回。你自去罷。三藏心驚。輪開手牽衣執袂。滴淚難分。正在叮嚀拜別之際。只聽得山腳下叫喊如雷。道我師父來也。我師父來也。諕得箇三藏癡呆。伯欽打撲。畢竟不知是甚人叫喊。且聽下回分解。

總批

心生種種魔生。心滅種種魔滅。一部西遊記只是如此。別無些子剩却矣。

劉太保是箇爽直之人。比那等喫素而欺心者。天地

緣隔

第十四回　心猿歸正　六賊無踪

佛卽心兮心卽佛。心佛從來皆要物。若知無物又無心。便是眞如法身佛。法身佛。没模樣。一顆圓光涵萬象。無體之體卽眞體。無相之相卽實相。非色非空非不空。不來不向不回向。無異無同無有無。難捨難取難聽望。內外靈光到處同。一佛國在一沙中。一粒沙含大千界。一個身心萬法同。知之須會無心訣。不染不滯爲淨業。善惡千端無所爲。便是南無釋迦葉。

却說那劉伯欽與唐三藏驚驚慌慌。又聞得叫聲師父來也衆家僮道這叫的必是那山脚下石匣中老猿太保道是他是他三藏問是甚麼老猿太保道這山舊名五行山因我大唐王征西定國改名兩界山先年間曾聞得老人家說王莽簒漢之時天降此山下壓着一個神猴不怕寒暑不吃飲食自有土神監押教他饑飡鐵丸渴飲銅汁自昔到今凍餓不死這叫必定是他長老莫怕我每下山去看來三藏只得依從牽馬下山行不數里只見那石匣之間果有一猴露着頭伸着手亂招手道師父你怎麼此時纔來來得好來得好救我出來我保你上西天去也這長老近前細看你道他是怎生模樣

尖嘴縮腮金睛火眼頭上堆苔蘚耳中生薜蘿鬢邊少髮多青艸頷下無鬚有綠莎眉間土鼻凹泥十分狼狽指頭粗手掌厚塵垢餘多還喜得眼睛轉動喉舌聲和語言雖利便身體莫能那正是五百年前孫大聖今朝難滿脫天羅

劉太保誠然膽大走上前來與他拔去了鬢邊艸頷下莎問道你有甚麽說話那猴道我沒話說教那個師父上來我問他一問三藏道你問我甚麽那猴王道你可是東土大王差往西天取經去的麽三藏道我正是你問怎麽那猴道我是五百年前大鬧天宮的齊天大聖只因犯了誑

上之罪被佛祖壓于此處前者有個觀音菩薩領佛旨意上東土尋取經人我教他救我一人他勸我再莫行兇歸依佛法盡慇懃保護取經人往西方拜佛功成後自有好處故此晝夜提心晨昏弔膽只等師父來救我脫身我願保你取經與你做個徒弟三藏聞言滿心歡喜道你雖有此善心又蒙菩薩教誨願入沙門只是我又沒斧鑿如何救得你出那猴道不用斧鑿你但肯救我我自出來也三藏道我自救你你怎得出來那猴道這山頂上有我佛如來的金字壓帖你只上山去將帖兒揭起我就出來了三藏依言回頭央浼劉伯欽道太保呵我與你上山走一遭

伯欽道不知眞假何如那猴高叫道是眞决不敢虛謬伯欽只得呼喚家童牽了馬匹他却扶着三藏復上高山攀籐附葛只行到那極巔之處果然見金光萬道瑞氣千條有塊四方大石石上貼著一封皮却是唵嘛呢叭𠺗吽六個金字三藏近前跪下朝石頭看着金字拜了幾拜望西禱祝道弟子陳玄奘特奉旨意求經果有徒弟之分揭得金字救出神猴同證靈山若無徒弟之分此輩是个兇頑怪物哄賺弟子不成吉慶便揭不得起祝罷又拜拜畢上前將六個金字輕輕揭下只聞得一陣香風劈手把壓帖兒刮在空中叫道吾乃監押大聖者今日他的難滿吾等

回見如來繳此封皮去也唬得個三藏與伯欽一行人望空禮拜徑下高山又至石匣邊對那猴道揭了壓帖矣你出來麼那猴懽喜叫道師父你請走開些我好出來莫驚了你伯欽聽說領着三藏一行人回東即走走了五七里遠近又聽得那猴高叫道再走再走三藏又行了許遠下了山只聞得一聲响喨眞個是地裂山崩衆人盡皆悚懼只見那猴早到了三藏的馬前赤淋淋跪下道聲師父我出來也對三藏拜了四拜急起身與伯欽唱個大喏道有勞大哥送我師父又承大哥替我臉上薅艸謝畢就去收拾行李扣背馬匹那馬見了他腰軟蹄矬戰兢兢的立站

不住。蓋因那猴原是弼馬溫在天上看養龍馬的有些法則。故此凡馬見他害怕三藏見他意思實有好心真個像沙門中的人物便叫徒弟呵你姓甚麽猴王道我姓孫三藏道我與你起個法名却好呼喚猴王道不勞師父盛意我原有個法名叫做孫悟空三藏歡喜道也正合我們的宗派你這個模樣就相那小頭陀一般我與你再起個混名稱爲行者好麽悟空道好好好自此時又稱爲孫行者那伯欽見孫行者一心收拾要行却轉身對三藏唱個喏道長老你幸此間收得個好徒甚喜甚喜此人果然去得我却告回三藏躬身作禮相謝道多有拖步感激不勝回府多多致意令堂老夫人令荆夫人貧僧在府多擾容回時踵謝伯欽回禮遂此兩下分別却說那孫行者請三藏上馬他在前邊背着行李赤條條拐步而行不少時過了兩界山忽然見一隻猛虎跑哮剪尾而來三藏在馬上驚心行者在路傍歡喜道師父莫怕他他是送衣服與我的放下行李耳躲裏拔出一個針兒迎着風幌一幌原來是個碗來粗細一條鐵棒他拿在手中笑道這寶貝五百餘年不曾用着他今日拿出來掙件衣服兒穿穿你看他拽開步迎着猛虎道聲業畜那裏去那隻虎蹲着身伏在塵埃動也不敢動動却被他照頭一棒就打的腦漿迸萬點

桃紅牙齒噴幾點玉塊唬得那陳玄奘滾鞍落馬咬指道聲天那天那劉太保前日打的斑爛虎還與他鬭了半日今日孫悟空不用爭持把這虎一棒打得稀爛正是强中更有强中手行者拖將虎來道師父略坐一坐等我脫下他的衣服來穿了走路三藏道他那裏有甚衣服行者道

此所謂猴質虎皮

師父莫管我我自有處置好猴王把毫毛拔下一根吹口仙氣叫變變作一把牛耳尖刀從那虎腹上挑開皮往下一剝剝下個囫圇皮來剁去了爪甲割下頭來割個四四方方一塊虎皮提起來量了一量道闊了些兒一幅可作兩幅拿過刀來又裁爲兩幅收起一幅把一幅圍在腰間

路傍揪了一條葛籐緊緊束定遮了下體道師父且去且去到了人家借些針線去縫不遲他把條鐵棒捻一捻依舊相個針兒收在耳裏背着行李請師父上馬兩個前進長老在馬上問道悟空你纔打虎的鐵棒如何不見行者笑道師父你不曉得我這棍本是東洋大海龍宮裏得來的喚做天河鎮底神珍鐵又喚做如意金箍棒當年大反天宮甚是虧他隨身變化要大就大要小就小剛纔變做一個綉花針兒模樣收在耳內矣但用時方可取出三藏聞言暗喜又問道方纔那虎見了你怎麽就不動動讓你自在打他何說悟空道不瞞師父說莫道是隻虎就是一

條龍見了我也不敢無禮我老孫頗有降龍伏虎的手段翻江攪海的神通見貌辨色聆音察理大之則量于宇宙小之則攝于毫毛變化無端隱顯莫測剝這個虎皮何為稀罕若到那疑難處看展本事麽三藏聞得此言愈加放懷無慮策馬前行師徒兩個走着路說着話不覺得太陽星墜但見

燄燄斜暉返照天涯海角歸雲千山鳥雀噪聲頻覓宿投林成陣野獸雙雙對對回窩族族羣羣一鈎新月破黃昏萬點明星光暈

行者道師父走動些些天色晚了那壁廂樹木森森想必是

人家庄院我們赶早投宿去來三藏果策馬而行徑奔人家到了庄院前下馬行者撇了行李走上前叫聲開門開門那裏面有一老者扶筇而出吻喇的開了門看見行者這般惡相腰繫着一塊虎皮好似雷公模樣諕得脚軟身麻口出譫語道鬼來了鬼來了三藏近前攙住叫道老施主休怕他是我貧僧的徒弟不是鬼怪老者擡頭見了三藏的面貌清奇方才立定問道你是那寺裏來的和尚帶這惡人上我門來三藏道我貧僧是唐朝來的往西天拜佛求經的路過此間天晚特造檀府借宿一宵明早不等天亮便行萬望方便一二老者道你雖是個唐人那個惡

的却非唐人悟空厲聲高呵道你這個老兒全沒眼色唐人是我師父我是他徒弟我也不是甚糖人蜜人我是齊天大聖你們這里人家也有認得我的我也曾見你來那老者道你在那里見我悟空道你小時不曾在我面前扒柴不曾在我臉上挑菜老者道這厮胡說你在那里住我在那里住我來你面前扒柴挑菜悟空道我兒子便胡說你是認不得我了我本是這兩界山石匣中的大聖你再認認看老者方纔省悟道你倒有些相他但你是怎麽得出來的悟空將菩薩勸善令我等待唐僧揭帖脫身之事對那老者細說了一遍老者却纔下拜將唐僧請到裏面

卽喚老妻與兒女都來相見具言前事個個忻喜又命看茶茶罷問悟空道大聖呵你也有年紀了悟空道你今年幾歲了老者道我痴長一百三十歲了行者道還是我重子重孫哩我那生身的年紀我不記得是幾時但只在這山脚下已五百餘年了老者道是有是有我曾記得祖公公說此山乃從天降下就壓了一個神猴只到如今你纔脫體我那小時見你是你頭上有艸臉上有泥還不怕你如今臉上無了泥頭上無了艸却相瘦了些腰間又苦了一塊大虎皮與鬼怪能差多少一家兒聽得這般話說都呵呵大笑這老兒頗賢卽令安排齋飯飯後悟空道你家

姓甚老者道舍下姓陳三藏聞言即下來起手道老施主
與貧僧是華宗行者道師父你是唐姓怎的和他是華宗
三藏道我俗家也姓陳乃是唐朝海州弘農郡聚賢庄人
氏我的法名叫做陳玄奘只因我大唐太宗皇帝賜我做
御弟三藏指唐爲姓故名唐僧也那老者見說同姓又十
分歡喜行者道老陳左右打攪你家我有五百多年不洗
澡了你可去燒些湯來與我師徒們洗浴洗浴一法臨行
謝你那老兒即令燒湯拿盆掌上燈火師徒浴罷坐在燈
前行者道老陳還有一事累你有針線借我用用那老兒
道有有有即教媽媽取針線來遞與行者行者又有眼色

見師父洗浴脫下一件白布短小直裰未穿他即扯過來披在身上却將那虎皮脫下聯接一處打一個馬面樣的摺子圍在腰間勒了籐條走到師父面前道老孫今日這等打扮比昨日如何三藏道好好好這等樣纔相個行者三藏道徒弟你不嫌殘舊那件直裰兒你就穿了罷悟空唱个喏道承賜承賜他又去尋些艸料喂了馬此時各各事畢師徒與那老兒亦各歸寢次早悟空起來請師父走路三藏着衣教行者收拾鋪蓋行李正欲告辭只見那老兒早具臉湯又具齋飯齋罷方纔起身三藏上馬行者引路不覺飢飡渴飲夜宿曉行又直初冬時候但見那

霜凋紅葉千林瘦，嶺上幾株松栢秀。未開梅蕋散香幽，暖短晝，小春候。菊殘荷盡山茶茂，寒橋古樹爭枝鬬。曲澗涓涓泉水溜，淡雲欲雪滿天浮。朔風驟，牽衣袖，向晚寒威人怎受？

師徒們正走多時，忽見路傍吻哨一聲，闖出六個人來，各執長鎗短劍、利刀强弓，大咤一聲道：那和尚那里走，趕早留下馬匹，放下行李，饒你性命過去。諕得那三藏皃飛魄散，跌下馬來，不能言語。行者用手扶起道：師父放心，沒些兒事，這都是送衣服送盤纏與我們的。三藏道：悟空，你想有些耳閉，他說教我們留馬匹行李，你倒問他要甚麼衣

服盤纏行者道你管守着衣服行李馬匹待老孫與他爭
持一塲看是何如三藏道好手不跌雙拳雙拳不如四手
他那里六條大漢你這般小小的一個人兒怎麼敢與他
爭持行者的膽量原大那容分說走上前來叉手當胸對
那六個人施禮道列位有甚麼緣故阻我貧僧的去路那
人道我等是剪徑的大王行好心的山主大名久播你量
不知早早的留下東西放你過去若道半個不字教你碎
屍粉骨行者道我也是祖傳的大王積年的山主却不曾
聞得列位有甚大名那人道你是不知我說與你聽一個
喚做眼看喜一個喚做耳聽怒一個喚作鼻嗅愛一個喚

作舌嘗思一個喚作意見慾一個喚作身本憂悟空笑道
原來是六個毛賊你却不認得我這出家人（着眼）是你的主人
公你倒來儻路把那打劫的珍寶拿出來我與你作七分
兒均分饒了你罷那賊聞言喜的喜怒的怒愛的愛思的
思憂的憂（着眼、）慾的慾一齊上前亂嚷道這和尚無禮你的東
西全然没有轉來和我等要分東西他輪鎗舞劒一擁前
來照行者劈頭亂砍乒乒乓乓砍有七八十下悟空停立
中間只當不知那賊道好和尚真個的頭硬行者笑道將
就看得過罷了你們也打得手困了却該老孫取出個針
兒來耍耍那賊道這和尚是一個行針灸的郎中變的我

們又無病症說甚麼動針的話行者伸手去耳躲裏拔出一根綉花針兒迎風一幌却是一條鐵棒足有碗來粗細拿在手中道不要走也讓老孫打一棍兒試試手諕得這六個賊四散逃走被他拽開步團團趕上一個個盡皆打死剝了他的衣服奪了他的盤纏笑吟吟走將來道師父

○世人心都要殺六賊者只是沒手段

請行那賊已被老孫勦了三藏道你十分撞禍他雖是剪徑的強徒就是拿到官司也不該死罪你縱有手段只可退他去便了怎麼就都打死這却是無故傷人的性命如何做得和尚出家人掃地恐傷螻蟻命愛惜飛蛾紗罩燈你怎麼不分皂白一頓打死全無一點慈悲好善之心早

還是山野中無人查考若到城市倘有人一時冲撞了你你也行兇執着棍子亂打傷人我可做得白客怎能脫身悟空道師父我若不打死他他却要打死你哩三藏道我這出家人寧死決不敢行兇我就死也只是一身你却殺了他六人如何理說此事若告到官就是你老子做官也說不過去行者道不瞞師父說我老孫五百年前據花果山稱王爲怪的時節也不知打死多少人假似你說這般到官倒也得些狀告是三藏道只因你沒收沒管暴横人間欺天誑上纔受這五百年前之難今既入了沙門若是還相當時行兇一味傷生去不得西天做不得和尚忒惡

忒惡原來這猴子一生受不得人氣他見三藏只管緒緒叨叨按不住心頭火發道你既是這等說我做不得和尚上不得西天不必恁般緒聒惡我我回去便了那三藏却不曾荅應他就使一個性子將身一聳說一聲老孫去也三藏急擡頭早已不見只聞得呼的一聲回東而去撇得那長老孤孤零零點頭自嘆悲怨不已道這廝這等不受教誨我畧說他幾句他怎麽就無形無影的徑回去了罷罷罷也是我命裏不該招徒弟進人口如今欲尋他無處尋欲叫他叫不應去來去來正是捨身拚命歸西去莫倚傍人自主張那長老只得收拾行李稍在馬上也不騎馬

一隻手拄着錫杖。一隻手揪着韁繩。凄凄凉凉。往西前進。行不多時。只見山路前面有一個年高的老母。捧一件綿衣。綿衣上有一頂花帽。三藏見他來得至近。慌忙牽馬立于右側。讓行。那老母問道。你是那里來的長老。孤孤恓恓。獨行于此。三藏道。弟子乃東土大唐王奉聖旨往西天拜佛求真經者。老母道。西方佛乃大雷音寺。天竺國界。此去有十萬八千里路。你這等單人獨馬。又無個伴侶。又無個徒弟。你如何去得。三藏道。弟子日前收得一個徒弟。他性潑兇頑。是我說了他幾句。他不受教。遂渺然而去也。老母道。我有這一領綿布直裰。一頂嵌金花帽。原是我兒子用的。他只做了三日。和尚不幸命短身亡。我纔去他寺裏哭了一塲。辭了他師父。將這兩件衣帽拿來做個憶念。長老呵。你既有徒弟。我把這衣帽送了你罷。三藏道。承老母盛賜。但只是我徒弟已走了。不敢領受。老母道。他那廂去了。三藏道。我聽得呼的一聲。他囘東去了。老母道。東邊不遠就是我家。想必往我家去了。我那里還有一篇咒兒。喚做定心眞言。又名做緊箍兒咒。你可暗暗的念熟。牢記心頭。再莫洩漏一人知道。我去赶上他。教他還來跟你。你却將此衣帽與他穿戴。他若不服你使喚。你就默念此咒。他再不敢行兇。也再不敢去了。三藏聞言。低頭拜謝。那老母化

一道金光回東而去三藏情知是觀音菩薩授此眞言急
忙撮土焚香望東懇懇禮拜拜罷收了衣帽藏在包袱中
間却坐于路傍誦習那定心眞言來回念了幾遍念得爛
熟牢記心胸不題却說那悟空別了師父一觔斗雲徑轉
東洋大海按住雲頭分開水道徑至水晶宮前早驚動龍
王出來迎接接至宮裏坐下禮畢龍王道近聞得大聖難
滿失賀想必是重整仙山復歸古洞矣悟空道我也有此
心性只是又做了和尚了龍王道做甚和尚行者道我虧
了南海菩薩勸善教我正果隨東土唐僧上西方拜佛皈
依沙門又喚為行者了龍王道這等眞是可賀可賀這才

叫做改邪（着眼）歸正懲創善心既如此怎麼不西去復東回何
也行者笑道因是唐僧不識人性有幾個毛賊剪徑是我
將他打死唐僧就絮絮叨叨說了我若干的不是你想老
孫可是受得悶氣的是我撇了他欲回本山故此先來望
你一望求鍾茶吃龍王道承降承降當時龍子龍孫卽捧
香茶來獻茶畢行者回頭一看見後壁上掛着一幅圯橋
進履的畫兒行者道這是甚麼景致龍王道大聖在先此
事在後故你不認得這叫做圯橋三進履行者道怎的是
三進履龍王道此仙乃是黃石公此子乃是漢世張良石
公坐在圯橋上忽然失履于橋下遂喚張良取來此子卽

忙取來跪獻于前如此三度張良略無一毫倨傲怠慢之心石公遂愛他勤謹夜授天書着他扶漢後果然運籌帷幄之中决勝千里之外太平後棄職歸山從赤松子遊悟成仙道大聖你若不保唐僧不盡勤勞不受教誨到底是個妖仙休想得成正果悟空聞言沉吟半晌不語龍王道大聖自當裁處不可圖自在誤了前程悟空道莫多話老孫還去保他便了龍王忻喜道既如此不敢久留請大聖早發慈悲莫要踈久了你師父行者見他催促請行急聳身出離海藏駕着雲別了龍王正走却遇着南海菩薩菩薩道孫悟空你怎麼不受教誨不保唐僧來此處何幹

着眼

得個行者在雲端裏施禮道向蒙菩薩善言果有唐朝僧
到揭了壓帖救了我命跟他做了徒弟他却怪我頑我
着○耶○
纔子閃他一閃如今就去保他也菩薩道趕早去莫錯過
了念頭言畢各回這行者須臾間看見唐僧在路傍悶坐
他上前道師父怎麼不走路還在此做甚三藏擡頭道你
徃那里去來教我行又不敢行動又不敢動只管在此等
你行者道我徃東洋大海老龍王家討茶吃吃三藏道徒
弟阿出家人不要說慌你離了我多一個時辰就說到龍
王家吃茶行者笑道不瞞師父說我會駕觔斗雲一個觔
斗有十萬八千里路故此得即去即來三藏道我畧畧的

言語重了些兒你就怪我使個性子丟了我去象你這有本事的討得茶吃象我這去不得的只管在此忍餓你也過不意去呀行者道師父你若餓了我便去與你化些齋吃三藏道不用化齋我那包袱裏還有些乾粮是劉太保母親送的你去拿鉢盂尋些水來等我吃些兒走路罷行者去解開包袱在那包裹中間見有幾個粗麵燒餅拿出來遞與師父又見那光艷艷的一領綿布直裰一頂嵌金花帽行者道這衣帽是東土帶來的三藏就順口兒答應道是我小時穿戴的這帽子若戴了不用教經就會念經這衣服若穿了不用演禮就會行禮行者道好師父把與

我穿戴了罷。三藏道。只怕長短不一。你若穿得就穿了罷。
行者遂脫下舊白布直裰。將綿布直裰穿上。也就是比量
着身體裁的一般。把帽兒戴上。三藏見他戴上帽子。就不
吃乾糧。却默默的念那緊箍咒一遍。行者叫道。頭疼頭疼。
那師父不住的又念了幾遍。把個行者疼得打滾。抓破了
嵌金的紗帽。三藏又恐怕扯斷金箍。住了口不念。不念時。
他就不疼了。伸手去頭上摸摸。似一條金線兒模樣。緊緊
的勒在上面。取不下。揪不斷。已是生下根了。他就耳裏取
出針兒來。插入箍裏。往外亂捎。三藏又恐怕他捎斷了。口
中又念起來。他依舊生疼。疼得竪蜻蜓。翻觔斗。耳紅面赤。

眼脹身麻。那師父見他這等。又不忍不捨。復住了口。他的
頭又不疼了。行者道。我這頭原來是師父咒我的。三藏道。
我念的是緊箍經。何曾咒你。行者道。你再念念看。三藏真
個又念。行者真個又疼。只教莫念莫念。念動我就疼了。這
是怎麽說。三藏道。你今番可聽我教誨了。行者道。聽教了。
你再可無禮了。行者道。不敢了。他口裏雖然答應。心上還
懷不善。把那針兒幌一幌。碗來粗細。望唐僧就欲下手。慌
得長老口中又念了兩三遍。這猴子跌倒在地。丟了鐵棒。
不能舉手。只教師父我曉得了。再莫念再莫念。三藏道。你
怎麽欺心。就敢打我。行者道。我不曾敢打。我問師父你這

法兒是誰教你的三藏道是適間一個老母傳授我的行者大怒道不消講了這個老母坐定是那個觀世音他怎麼那等害我等我上南海打他去三藏道此法既是他授與我他必然先曉得了你若尋他他念起來你却不是死了行者見說得有理真個不敢動身只得回心跪下哀告道師父這是他奈何我的法兒教我隨你西去我也不去惹他你也莫當常言只管念誦我願保你再無退悔之意（着眼）了三藏道既如此伏侍我上馬去也那行者才死心塌地抖擻精神束一束綿布直裰叩背馬匹收拾行李奔西而進畢竟這一去後面又有甚話說且聽下回分解

總批

請問今世人還是打殺六賊的還是六賊打殺的

又批

心猿歸正六賊無踪八箇字已分明說出人亦容易明白但篇中尚多隱語人當着眼不然何異痴人說夢耶不幸負了作者苦心今特一一拈出讀者須自領畧○是你的主人公○你的東西全然沒有轉來和我等要分東西○我若不打殺他他就要打殺你○莫倚傍人自主張○東邊不遠就是我家想必往我家去了○這才叫做改邪歸正○不可圖自在誤

了前程。○趕早去莫錯過了念頭。○再無退悔之意了○此等言語。豈是尋常可畧不加之意乎。○着眼着眼方不在讀了西遊記也。

第十五回

蛇盤山諸神暗佑　鷹愁澗意馬收韁

却說行者、伏侍唐僧西進、行經數日、正是那臘月寒天、朔風凜凜、滑凍凌凌、去的是些懸崖峭壁崎嶇路、疊嶺層巒險峻山、三藏在馬上、遥聞唿喇喇水聲聒耳、回頭叫悟空、是那裏水响、行者道、我記得此處叫做蛇盤山鷹愁澗、想必是澗裏水响、說不了、馬到澗邊、三藏勒韁觀看、但見

涓涓寒脉穿雲過、湛湛清波映日紅、聲搖夜雨聞幽谷、彩發朝霞眩太空、千仞浪飛噴碎玉、一泓水响吼清風、流歸萬頃煙波去、鷗鷺相忘沒釣逢、

師徒兩個正然看處只見那澗當中响一聲鑽出一條龍來推波掀浪攛出崖山就搶長老慌得個行者丟了行李把師父抱下馬來回頭便走那條龍就赶不上把他的白馬連鞍轡一口吞下肚去依然伏水潛踪行者把師父送在那高阜上坐了却來牽馬挑担止存得一担行李不見了馬匹他將行李担送到師父面前道師父那業龍也不見踪影只是驚走我的馬了三藏道徒弟阿却怎生尋得馬着麽行者道放心放心等我去看來他打個唿哨跳在空中火眼金睛用手搭涼蓬四下里觀看更不見馬的踪跡按落雲頭報道師父我們的馬斷乎是那龍吃了四下

里再看不見三藏道徒弟呀那廝能有多大口却將那匹
大馬連鞍轡都吃了想是驚張溜韁走在那山凹之中你
再仔細看看行者道你也不知我的本事我這雙眼白日
裏常看一千里路的吉凶相那千里之內蜻蜓兒展翅我
也看見何況那匹大馬我就不見三藏道既是他吃了我
如何前進可憐呵這萬水千山怎生走得說着話淚如雨
落行者見他哭將起來他那裏忍得住暴燥發聲喊道師
父莫要這等膿包形麼你坐着坐着等老孫去尋着那廝
教他還我馬匹便了三藏却才扯住道徒弟呵你那裏去
尋他只怕他暗地裏竄將出來却不又連我都害了那時

節人馬兩亡怎生是好行者聞得這話越加嗔怒就叫喊如雷道你忒不濟不濟又要馬騎又不放我去似這般看着行李坐到老罷哏哏的吆喝正難息怒只聽得空中有人言語叫道孫大聖莫惱唐御弟休哭我等是觀音菩薩差來的一路神祇特來暗中保取經者那長老聞言慌忙禮拜行者道你等是那幾個可報名來我好點卯眾神道我等是六丁六甲五方揭諦四值功曹一十八位護駕伽藍各各輪流值日聽候行者道今日先從誰起眾揭諦道丁甲功曹伽藍輪次我五方揭諦惟金頭揭諦晝夜不離左右行者道既如此不當值者且退留下六丁神將與日

值功曹和衆揭諦保守着我師父等老孫尋那澗中的業龍教他還我馬來衆神遵令三藏纔放下心坐在石崖之上分付行者仔細行者道只管寬心好猴王束一束綿布直裰撩起虎皮裙子揝着金箍鐵棒抖擻精神徑臨澗壑半雲半霧的在那水面上高叫道潑泥鰍還我馬來還我馬來却說那龍吃了三藏的白馬伏在那澗底中間潛靈養性只聽得有人叫罵索馬他按不住心中火發急縱身躍浪翻波跳將上來道是那個敢在那裡海口傷吾行者見了他大吒一聲休走還我馬來輪着棍劈頭就打那條龍張牙舞爪來抓他兩個在澗邊前這一場賭鬬果是驍

雄但見那
龍舒利爪、猴舉金箍、那個鬚垂白玉線、這個眼幌赤金
燈、那個鬚下明珠噴綵霧、這個手中鐵棒舞狂風、那個
是迷爺娘的業子。這個是欺天將的妖精、他兩個都因
有難遭磨折、今要成功各顯能、
來來往往、戰罷多時、盤旋良久、那條龍力軟觔麻、不能抵
敵、打一個轉身、又攛于水內、深潛澗底、再不出頭、被猴王
罵詈不絕、他也只推耳聾、行者沒及奈何、只得回見三藏
道、師父這個怪、被老孫罵將出來、他與我賭鬬多時、怯戰
而走、只躲在水中間、再不出來、了三藏道不知端的可是

他吃了我馬行者道我看你說的話不是他吃了他怎肯出來招認與老孫犯對三藏道你前日打虎時曾說有降龍伏虎的手段今日如何便不能降他原來那猴子吃不得人急他見三藏捨白了他這一句他就發起神威道不要說不要說等我與他再見個上下這猴王拽開步跳到澗邊使出那翻江攪海的神通把一條鷹愁陡澗徹底澄清的水攪得似那九曲黄河泛漲的波那孽龍在于深澗中坐卧不寧心中思想道這纔是福無雙降禍不單行我纔脫了天條死難不上一年在此隨緣度日又撞着這般個潑魔他來害我你看他越思越惱受不得屈氣咬着牙

跳將出去罵道、你是那裡來的潑魔、這等欺我、行者道你莫管我那裡不那裡、你只還了馬、我就饒你性命、那龍道你的馬是我吞下肚去、如何吐得出來、不還你便待怎的、行者道不還馬時看棍、只打殺你償了我馬的性命便罷、他兩個又在那山崖下苦鬭、鬭不數合、小龍委實難搪、將身一幌、變作一條水蛇兒、鑽入艸窠中去了、猴王拿着棍趕上前來撥艸尋蛇、那裏得些影響、急得他三尸神咋、七竅煙生、念一聲唵字咒語、即喚出當坊土地本處山神、一齊來跪下道山神土地來見、行者道伸過孤拐來、各打五棍見面與老孫散散心、二神叩頭哀告道、望大聖方便容小神訴告、行者道、你說甚麼、二神道、大聖一向久困、小神不知幾時出來、所以不曾接得、萬望恕罪、行者道、既如此、我且不打你、我問你鷹愁澗裏是那方來的怪龍、他怎麼搶了我師父的白馬吃了。二神道、大聖自來不曾有師父、原來是個不伏天不伏地混元上真、如何得有甚麼師父的馬來、行者道、你等是也不知、我只為那誑上的勾當、整受了這五百年的苦難、今蒙觀音菩薩勸善、著唐朝駕下真僧救出我來、故我跟他做徒弟、往西天去拜佛求經、因路過此處、失了我師父的白馬、二神道、原來是如此、這澗中自來無邪、只是深陡寬濶、水光徹底澄清。鴉鵲不敢飛過因水清照見自巳的形影便認做同群之鳥往往身擲于水內故名鷹愁陡澗只是向年間觀音菩薩因為尋訪取經人去救了一條業龍送他在此教他等候那取經人不許為非作歹他只是饑了時上岸來撲些鳥鵲吃或是捉些獐鹿食用不知他怎麼無知今日沖撞了大聖行者道先一次他還與老孫侮手盤旋了數合後一次是老孫叫罵他再不出因此使了一個翻江攪海的法兒攪混了他澗水他就攛將上來還要爭持不知老孫的棍重他遮架不住就變做一條水蛇鑽在艸裏我赶來尋他却無踪跡土地道大聖不知這條澗千萬個孔竅相通故此這波

瀾深遠想是此間也有一孔他鑽將下去也不須大聖發怒在此找尋要擒此物只消請將觀世音來自然伏了行者見說喚山神土地同來見了三藏具言前事三藏道若要去請菩薩幾時纔得回來我貧僧饑寒怎忍說不了只聽得暗空中有金頭揭諦叫道大聖你不須動身小神去請菩薩來也行者大喜道聲有累有累快行快行那揭諦急縱雲頭徑上南海行者分付山神土地守護師父日值功曹去尋齋供他又去澗邊巡遶不題却說金頭揭諦一駕雲早到了南海按祥光直至落伽山紫竹林中托那金甲諸天與木叉慧岸轉達得見菩薩菩薩道汝來何幹揭

諦道唐僧在蛇盤山鷹愁陡澗失了馬急得孫大聖進退兩難及問本處土神說是菩薩送在那裏的業龍吞了那大聖着小神來告請菩薩降這業龍還他馬匹菩薩聞言道這廝本是西海敖閏之子他為縱火燒了殿上明珠他父告他忤逆天庭上犯了死罪是我親見玉帝討他下來教他與唐僧做個脚力他怎麼反吃了唐僧的馬這等說等我去來那菩薩降蓮臺徑離仙洞與揭諦駕着祥光過了南海而來有詩為証

佛說蜜多三藏經菩薩揚善滿長城摩訶妙語通天地

般若真言救鬼靈致死金蟬重脫殼故令玄奘再修行

只因路阻鷹愁澗、龍子歸真化馬形、

那菩薩與揭諦不多時、到了蛇盤山、却在那半空裏、留住祥雲低頭觀看、只見孫行者正在澗邊叫罵、菩薩着揭諦喚他來、那揭諦按落雲頭、不經由三藏、直至澗邊、對行者道、菩薩來也、行者聞得、急縱雲跳到空中、對他大叫道、你這個七佛之師、慈悲的教主、你怎麼生方法兒害我、菩薩道、我把你這個大胆的馬流村愚的赤尻、我倒再三盡意度得個取經人來、叮嚀教他救你性命、你怎麼不來謝我活命之恩、反來與我嚷鬬、行者道、你弄得我好哩、你既放我出來、讓我逍遙自在耍子便了、你前日在海上逢着我傷了我幾句教我來盡心竭力伏侍唐僧便罷了你怎麼送他一頂花帽哄我戴在頭上受苦把這個箍子長在老孫頭上又教他念一卷甚麼緊箍兒咒着那老和尚念了又念教我這頭上疼了又疼這不是你害我也菩薩笑道你這猴子你不遵教令不受正果若不如此拘係你你又誑上欺天知甚好歹再似從前撞出禍來有誰收管須是得這個魔頭你纔肯入我瑜伽之門路哩行者道這椿事作做是我的魔頭罷你怎麼又把那有罪的業龍送在此處成精教他喫了我師父的馬匹此又是縱放歹人爲惡太不善也菩薩道那條龍是我親奏玉帝討他在此專爲

求經人做个脚力你想那東土來的凡馬怎歷得這萬水千山怎到得那靈山佛地須是得這个龍馬方纔去得行者道像他這般懼怕老孫潛躲不出如之奈何菩薩叫揭諦道你去澗中叫一聲敖閏龍王玉龍三太子你出來有南海菩薩在此他就出來了那揭諦果去澗邊叫了兩遍那小龍翻波跳浪跳出水來變作一個人相踏了雲頭到空中對菩薩禮拜道向蒙菩薩解脫活命之恩在此久等更不聞取經人的音信菩薩指着行者道這不是取經人的大徒弟小龍見了道菩薩這是我的對頭我昨日腹中饑餒果然吃了他的馬匹他倚着有些力量將我鬬得力

怯而回、又罵得我閉門不敢出來、他更不曾提着一個取經的字樣、行者道、你又不曾問我姓甚名誰、我怎麽就說、小龍道、我不曾問你是那里來的潑魔、你嚷道管甚麽那裏不那裏、只還我馬來、何曾說出半个唐字、菩薩道、那猴頭專倚自强、那肯稱讚別人、今番前去還有歸順的哩、若問時、先提起取經的字來、却也不用勞心、自然供伏行者歡喜領教、菩薩上前把那小龍的項下明珠摘了、將楊柳枝蘸出甘露、往他身上拂了一拂、吹口仙氣、喝聲叫變、那龍即變做他原來的馬匹毛片、又將言語分付道、你須用心了還業障、功成後超越凡龍、還你個金身正果、那小龍

（着眼）（着眼）

口啣着橫骨、心心領諾、菩薩教悟空須他去見三藏、我回海上去也、行者扯住菩薩不放道、我不去了、我不去了、西方路這等崎嶇、保這個凡僧、幾時得到、似這等多磨多折、老孫的性命也難全、如何成得甚麼功果、我不去了、我不去了、菩薩道、你當年未成人道、且肯盡心修悟、你今日脫了天災、怎麼倒生懶惰、我門中以寂滅成真、須是要信心果正、假若到了那傷身苦磨之處、我許你叫天天應、叫地地靈、十分再到那難脫之際、我也親來救你、你過來、我再贈你一般本事、菩薩將楊柳葉兒、摘下三葉、放在行者的腦後、喝聲變、即變做三根救命的毫毛、教他若到那無濟

無生的時節、可以隨機應變、救得你急苦之災、行者聞言
這許多好言、纔謝了大慈大悲的菩薩、那菩薩香風繞繞、
彩霧飄飄、徑轉普陀而去、這行者、纔按落雲頭、揪着那龍
馬的頂鬃來見三藏道、師父馬有了也、三藏一見大喜道、
徒弟、這馬怎麽比前反肥盛了些、在何處尋着的、行者道、
師父、你還做夢哩、却纔是金頭揭諦、請了菩薩來、把那澗
裡、龍化作我們的白馬、其毛片相同、只是少了鞍轡、着老
孫揪將來也、三藏大驚道、菩薩何在、待我去拜謝他行者
道、菩薩此時、已到南海、不耐煩矣、三藏就撮土焚香、望南
禮拜、拜罷起身、即與行者、收拾前進、行者喝退了山神土

地分付了揭諦功曹、却請師父上馬、三藏道那無鞍轡的馬、怎生騎得、且待尋船渡過澗去、再作區處、行者道這個師父、好不知時務、這個曠野山中、船從何來、這匹馬他在此久住、必知水勢、就騎着他、做個船兒過去罷、三藏無奈、只得依言、跨了剗馬、行者挑着行囊、到了澗邊、只見那上溜頭、有一個漁翁、撑着一個枯木的栰子、順流而下、行者見了、用手招呼道、老漁、你來你來、我是東土取經去的、我師父、到此難過、你來渡他一渡、漁翁聞言、即忙撑攏、行者請師父下了馬、扶持左右、三藏上了栰子、揪上馬匹、安了行李、那老漁、撑開栰子、如風似箭、不覺的過了鷹愁陡澗、上了西岸三藏教行者解開包袱取出大唐的幾文錢鈔送與老漁老漁把槓子一篙撑開道不要錢不要錢向中流渺渺茫茫而去三藏甚不過意只管合掌稱謝行者道師父休致意了你不認得他他是此澗裡的水神不曾來接得我老孫老孫還要打他哩只如今免打就勾了他也怎敢要錢那師父也似信不信只得又跨着剗馬隨着行者徑投大路奔西而去這正是廣大真如登彼岸誠心了性上靈山同師前進不覺的紅日沉西天光漸晚但見

如今做官的到要錢

淡雲撩亂山月昏濛滿天霜色生寒四面風聲透體孤鳥去時蒼渚闊落霞明處遠山低疎林千樹吼空嶺獨

猿啼、長途不見行人跡、萬里歸舟入夜時、
三藏在馬上遙觀、忽見路傍一座庄院、三藏道、悟空前面
人家可以借宿、明早再行、行者擡頭看見、道師父不是人
家庄院、三藏道、如何不是、行者道、人家庄院却沒飛魚穩
獸之脊、這斷是個廟宇庵院、師徒們說着話、早已到了門
首、三藏下了馬、只見那門上有三個大字、乃里社祠、遂入
門裡、那裡邊有一個老者、項掛着數珠兒、合掌來迎、教聲
師父請座、三藏慌忙荅禮、上殿去叅拜了聖像、那老者即
呼童子獻茶、茶罷、三藏問老者道、此廟何爲里社、老者道、
敝處乃西番哈咇國界、這廟後有一庄人家、共發虔心立

此廟宇里者乃一鄉里地社者乃一社土神每遇春耕夏耘秋收冬藏之日各辦三牲花果來此祭社以保四時清吉五穀豐登六畜茂盛故也三藏聞言點頭誇讚正是離家三里遠別是一鄉風我那里人家更無此善老者却問師父仙鄉是何處三藏道貧僧是東土大唐國奉旨意上西天拜佛求經的路過寶方天色將晚特投聖祠告宿一宵天光即行那老者十分懽喜道了幾聲失迎又叫童子辦飯三藏吃畢謝了行者的眼乖見他房簷下有一條搭衣的繩子走將去一把扯斷將馬腳繫住那老者笑道這馬是那里偷來的行者怒道你那老頭子說話不知高低

我們是拜佛的聖僧、又會偷馬、老兒笑道、不是偷的、如何沒有鞍轡韁繩、却來扯斷我晒衣的索子、三藏陪禮道、這個頑皮只是性躁、你要拴馬、好生問老人家討條繩子、如何就扯斷他的衣索、老先休怪休怪、我這馬實不瞞你說不是偷的、昨日東來至鷹愁陡澗、原有騎的一疋白馬、鞍轡俱全、不期那澗裏有條孽龍、在彼成精、他把我的馬連鞍轡一口吞之、幸虧我徒弟有些本事、又感得觀音菩薩來澗邊擒住那龍、教他就變做我原騎的白馬、毛片俱同馱我上西天拜佛、過了此澗、未經一日、却到了老先的聖祠、還不曾置得鞍轡哩、那老者道、師父休怪、我老漢作笑耍子、誰知你高徒認真、我小時也有幾個村錢、也好騎匹駿馬、只因累歲迍邅、遭喪失火、到此沒了下稍、故充爲廟祝、侍奉香火、幸虧這後庄施主家募化度日、我那里到還有一副鞍轡、是我平日心愛之物、就是這等貧窮、也不曾捨得賣了、才聽老師父之言、菩薩尚且救護神龍、教他化馬馱你。我老漢却不能少有周濟、明日將那鞍轡取來、願送老師父叩背前去、乞爲笑納、三藏聞言、拜謝不盡、早又見童子拿出晚齋、齋罷、掌上燈、安了鋪、各各寢歇、至次早行者起來道、師父、那廟祝老兒、昨晚許我們鞍轡、問他要不要饒他、說未了、只見那老兒果擎着一副鞍轡、襯屜韁

籠之類凡馬上一切用的無不全備放在廊下道師父鞍
轡奉上三藏見了懽喜領受教行者拿了背上馬看可相
稱否行者走上前一件件的取起看了果然是些好物有
詩爲証

雕鞍彩幌束銀星寶凳光飛金線明襯屜幾層絨苫疊
牽韁三股紫絲繩轡頭皮劄團花粲雲扇描金舞獸形
環嚼叩成磨鍊鐵兩垂蘸水結毛纓

行者心中暗喜將鞍轡背在馬上就似量着做的一般三
藏拜謝那老那老慌忙攙起道惶恐惶恐何勞致謝那老
者也不再留請三藏上馬那長老出得門來攀鞍上馬行

者擔着行李、那老兒復袖中取出一條鞭兒來、却是皮丁兒寸劄的香籐柄子、虎觔絲穿結的稍兒、在路傍拱手奉上道、聖僧、我還有一條挽手兒、一發送了你、罷那三藏在馬上接了道、多承布施、多承布施、正打問訊、却早不見了那老兒、及回看那里社祠、是一片光地、只聽得半空中有人言語道、聖僧、多簡慢你、我是落伽山山神土地、蒙菩薩差送鞍轡、與汝等的、汝等可努力西行、却莫一時怠慢、慌得個三藏滾鞍下馬、望空禮拜道、弟子肉眼凡胎、不識尊神聖面、望乞恕罪、煩轉達菩薩、深蒙恩祐、你看他只曾朝天磕頭、也不計其數、路傍邊活活的笑到個孫大聖孜孜的喜壞個美猴王上前來扯住唐僧道、師父你起來罷他已去得遠了、聽不見你禱祝、看不見你磕頭、只管拜怎的、長老道、徒弟呀我這等磕頭、你也就不拜他一拜、且立在傍邊、只管哂笑、是何道理、行者道、你那里知道、相他這個藏頭露尾的本該打他一頓、只爲看菩薩面上、饒他打儘勾了、他還敢受我老孫之拜、老孫自小兒做好漢、不曉得拜人、就是見了玉皇大帝、太上老君、我也只是唱個喏、便罷了、三藏道、不當人子、莫說這空頭話、快起來、莫悞了走路、那師父纔起來、收拾投西而去、此去行有兩個月太平的都是些[illegible]虜回回、狼蟲虎豹、光陰迅速、又值

[illegible]但見山林鋪翠色[illegible]發青芽、梅英落盡、柳眼初開。師徒們行翫春光、又見太陽西墜、三藏勒馬遥觀山凹裡有樓臺影影、殿閣沉沉、三藏道、悟空、你看那里是甚麼去處、行者擡頭看了道、不是殿宇、定是寺院、我們赶起些、那里借宿去、三藏欣然從之、放開龍馬徑奔前來、畢竟不知此去是甚麼去處、且聽下回分解

總批

篇中云、那猴頭專倚自強、那肯稱讚他人、這是學者第一個魔頭、讀者亦能着眼否○心猿歸正、意馬收韁、此事便有七八分了、着眼着眼

第十六回

觀音院僧謀寶貝　黑風山怪竊袈裟

却說他師徒兩个策馬前來直至山門首觀看果然是一座寺院但見那

層層殿閣疊疊廊房三山門外巍巍萬道彩雲遮五福堂前豔豔千條紅霧遶兩路松篁一林檜栢兩路松篁無年無紀自清幽一林檜栢有色有顏隨傲麗又見那鍾鼓樓高浮屠塔峻安禪僧定性啼樹鳥音闗寂寞無塵真寂寞清虛有道果清虛

上刹祗園隱翠窗招提勝景賽娑婆果然淨土人間少

天下名山僧占多・

長老下了馬・行者歇了担・正欲進門・只見那門裡走出一衆僧來你看他・怎生模樣・

頭帶左笄帽・身穿無垢衣・銅環雙墜耳・絹帶束腰圍・履行來穩・木魚手内提・口中常作念・般若總皈依・

三藏見了・侍立門傍・道個問訊・那和尚・連忙苔禮・笑道失瞻・問是那里來的・請入方丈獻茶・三藏道・我弟子乃東土欽差・上雷音寺・拜佛求經至此處・天色將晚・欲借上剎一宵・那和尚道・請進裡坐・請進裡坐・三藏方喚行者牽馬進來・那和尚・忽見行者相貌・有些害怕・便問那牽馬的是箇

甚麼東西三藏道悄聲低言他的性急若聽見你說是甚麼東西他就惱了他是我的徒弟那和尚打了個寒噤咬着指頭道這般一個醜頭怪惱的好招他做徒弟三藏道你看不出來哩醜自醜甚是有用那和尚只得同三藏與行者進了山門山門裡又見那正殿上書四個大字是觀音禪院三藏又大喜道弟子屢感菩薩聖恩未及叩謝今遇禪院就如見菩薩一般甚好拜謝那和尚聞言即命道人開了殿門請三藏朝拜那行者拴了馬丟了行李同三藏上殿三藏展背舒身鋪胸納地望金像叩頭那和尚便去打鼓行者就去撞鐘三藏俯伏臺前傾心禱祝祝拜已

畢那和尚住了鼓行者還只管撞鍾不歇或緊或慢撞了
許久那道人道拜已畢了還撞怎麼行者方丟了鍾杵笑
道你那里曉得我這是做一日和尚撞一日鍾的此時那
驚動那寺裡大小僧人上下房長老聽得鍾聲亂响一齊
擁出道那個野人在這里亂敲鍾鼓行者跳將出來咄的
一聲道是你孫外公撞了耍子的那些和尚一見了諕得
跌跌滾滾都爬在地下道雷公爺爺行者道雷公是我的
重孫兒哩起來起來不要怕我們是東土大唐來的老爺
衆僧方才禮拜見了三藏都才放心不怕內有本寺院主
請道老爺們到後方丈中奉茶遂而解韁牽馬擡了行李

轉過正殿，徑入後房。序了坐次，那院主獻了茶，又安排齋供。天光尚早，三藏稱謝未畢，只見那後面有兩個小童，攙着一個老僧出來。看他怎生打扮：

頭上戴一頂毘盧方帽，猫睛石的寶頂光輝；身上穿一領錦絨褊衫，翡翠毛的金邊幌亮。一對僧鞋攢八寶，一根拄杖嵌雲星。滿面皺痕，好似驪山老母；一雙昏眼，却如東海龍君。口不關風因齒落，腰駝背屈為筋攣。

衆僧道：「師祖來了。」三藏躬身施禮迎接道：「老院主，弟子拜揖。」那老僧還了禮，又各叙坐。老僧道：「適間小的們說東土唐朝來的老爺，我才出來奉見。」三藏道：「輕造寶山，不知[illegible]

反恕罪恕罪老僧道不敢不敢因問老爺東土到此有多少路程三藏道出長安邊界有五千餘里過兩界山收了一衆小徒一路來行過西番哈咇國經兩個月又有五六千里才到了貴處老僧道也有萬里之遙了我弟子虛度一生山門也不曾出去誠所謂坐井觀天樗朽之輩三藏又問老院主高壽幾何老僧道痴長二百七十歲了行者聽見道這還是我萬代孫兒哩三藏瞅了他一眼道謹言莫要不識高低沖撞人那和尚便問老爺你有多少年紀了行者道不敢說那老僧也只當一句風話便不介意也再不問只叫獻茶有一個小幸童拿出一個羊脂玉的盤

兒有三個法藍廂金的茶鐘又一童提一把白銅壺兒斟了三杯香茶真個是色欺榴蘂味勝桂花香三藏見了誇愛不盡道好物件好物件真是美食美器那老僧道污眼污眼老爺乃天朝上國廣覽奇珍似這般器具何足過奬老爺自上邦來可有甚麽寶貝借與弟子一觀三藏道可憐我那東土無甚寶貝就有時路程遥遠也不能帶得行者在傍道師父我前日在包袱裡曾見那領袈裟不是件寶貝拿與他看看何如衆僧聽說袈裟一個個冷笑行者道你笑怎的院主道老爺才說袈裟是件寶貝言實可笑若說袈裟似我等輩者不上二三十件若論我師祖在

此處做了二百五六十年和尚足有七八百件叫拿出來看看那個和尚也是他一時賣弄便叫道人開庫房頭陀擡櫃子就擡出十二櫃放在天井中開了鎖兩邊設下衣架四圍牽了繩子將袈裟一件件抖開掛起請三藏觀看果然是滿堂綺繡四壁綾羅行者一一觀之都是些穿花納錦刺綉銷金之物笑道好好好收起收起把我們的也取出來看看三藏把行者扯住悄悄的道徒弟莫要與人鬬富你我是單身在外只恐有錯行者道看看袈裟有何差錯三藏道你不曾理會得古人有云珍奇玩好之物不可使見貪婪奸偽之人倘若一經人目必動其心既動其

心必生其計汝是個畏禍的索之而必應其求可也不然則須身滅命皆起于此事不小矣行者道放心放心都在老孫身上你看他不由分說急急的走了去把個包袱解開早有霞光迸迸尚有兩層油紙裹定去了紙取出袈裟抖開時紅光滿室彩氣盈庭衆僧見了無一個不心歡口讚真个好袈裟上頭有

千般巧妙明珠墜萬樣稀奇佛寶攢上下龍鬚鋪綵綺
兜羅四面錦沿邊體掛魍魎從此滅身披魑魅入黃泉
托化天仙親手製不是真僧不敢穿

戒之在得

那老和尚見了這般寶貝果然動了奸心走上前對三藏

跪下。眼中垂淚道。我弟子。眞是沒緣。三藏攙起道。老院師。有何話說。他道老爺這件寶貝。方才展開。天色晚了。奈何眼目昏花。不能看得明白。豈不是無緣。三藏教掌上燈來。讓你再看。那老僧道。爺爺的寶貝。已是光亮。再點了燈。一發幌眼。莫想看得仔細。行者道。你要怎的看。才好。老僧道。三藏。尚多一領袈裟。老爺若是寬恩放心。教弟子拿到後房。細細的看一夜。明早送還老爺西去。不知尊意何如。三藏聽說。吃了一驚。埋怨行者道。都是你。都是你。行者笑道。怕他怎的。等我包起來。等他拿了去看。但有疎虞。盡是老孫管整。那三藏阻當不住。他把袈裟。遞與老僧道。憑你看去。只是明早照舊還我不得損汚些須老僧喜喜歡歡着幸童將袈裟拿進去却分付衆僧將前面禪堂掃淨取兩張籐床安設鋪蓋請二位老爺安歇一壁廂又分付安排早齋送行遂而各散師徒們關了禪堂睡下不題却說那和尚把袈裟騙到手（畫盡世上老貪之態）拿在後房燈下對袈裟號跳痛哭慌得那本寺僧不敢先睡小幸童也不知為何却去報與衆僧道公公哭到二更時候還不歇聲有兩個徒孫是他心愛之人上前問道師公你哭怎的老僧道我哭無緣看不得唐僧寶貝小和尚道公公年紀高大發過了他的袈裟放在你面前你只消解開看便罷了何須痛哭老僧道看的不長久我今年二百

百七十歲空掙了幾百件袈裟怎麽得有他這一件怎麽

既是二百七十歲縱得此袈裟能得幾年受享偏不口六十不製衣乎可爲世情發一大笑

得做個唐僧小和尚道師公差了唐僧乃是離鄉背井的一個行脚僧你這等年高享用也勾了倒要相他做行脚僧何也老僧道我雖是坐家自在樂乎晚景却不得他這袈裟穿穿若教我穿得一日兒就死也閉眼也是我來陽世間爲僧一塲衆僧道好沒正經你要穿他的有何難處我們明日留他住一日你就穿他一日留他住十日你就穿他十日便罷了何苦這般痛哭老僧道總然留他住了半載也只穿得半載到底也不得氣長他要去時只得與他去怎生留得長遠正說話處有一個小和尚名喚廣智

出頭道。公公要得長遠也容易。老僧聞言就歡喜起來道。我見你有甚麽高見。廣智道。那唐僧兩個是走路的人。辛苦之甚、如今已睡着了。我們想幾個有力量的。拿了鎗刀。打開禪堂。將他殺了。把屍首埋在後園。只我一家知道。却又謀了他的白馬行囊。却把那袈裟留下。以爲傳家之寶。豈非子孫長久之計耶。老和尚見說。滿心懽喜。却才揩了眼淚道。好好好。此計絕妙。即便收拾鎗刀。內中又一個小和尚。名喚廣謀。就是那廣智的師弟。上前來道。此計不妙。若要殺他。須要看看動靜。那個白臉的似易。那個毛臉的似難。萬一殺他不得。却不返招已禍。我有一個不動刀鎗之法。不知你尊意如何。老僧道。我見你有何法。廣謀道。依小孫之見。如今喚聚東山大小房頭。每人要乾柴一束。捨三間禪堂換了一領袈裟所得便宜處。失便宜也了那三間禪堂。放起火來。教他欲走無門。連馬一火焚之。就是山前山後人家看見。只說是他自不小心。失了火。將我禪堂都燒了。那兩個和尚。却不都燒死。又好掩人耳目。袈裟豈不是我們傳家之寶。那些和尚聞言。無不懽喜。都道。強強強。此計更妙更妙。遂教各房頭搬柴來。唉。這一計正是弄得個高壽老僧該盡命。觀音禪院化為塵。原來他那寺裡有七八十個房頭。大小有二百餘衆。當夜一擁搬柴。把個禪堂前前後後。四面圍繞不通。安排放火不題。却

說三藏師徒安歇已定。那行者却是個靈猴。雖然睡下。只
是存神煉氣。朦朧着醒眼。忽聽得外面不住的人走。查查
的柴响風生。他心疑惑道。此時夜靜。如何有人行得腳步
之聲。莫敢是賊盜謀害我們的。他就一骨魯跳起。欲要開
門出看。又恐驚醒師父。你看他弄個精神。搖身一變。變做
一個蜜蜂兒。眞個是
口甜尾毒。腰細身輕。穿花度柳飛如箭。粘絮尋香似落
星。小小微軀能負重。囂囂薄翅會風雲。却自椽稜下。鑚
出看分明。
只見那衆僧們。搬柴運艸。已圍住禪堂放火哩。行者暗笑

道果。依我師父之言。他要害我們性命。謀我的袈裟。故起這等毒心。我待要拿棍打他。呵可憐。又不禁打。一頓棍都打死了。師父又怪我行兇。罷罷罷罷。與他個順手牽羊。將計就計。教他住不成罷。好行者。一觔斗跳上南天門裡。諕得個龐劉苟畢躬身。馬趙溫關控背。俱道。不好了。不好了。那鬧天宮的主子又來了。行者拱着手道。列位免禮休驚。我來尋廣目天王的。說不了。却遇天王早到。迎着行者道。久闊久闊。前聞得觀音菩薩來見玉帝。借了四值功曹六丁六甲并揭諦等保護唐僧往西天取經去。說你與他做了徒弟。今日怎麽得閑到此。行者道。且休叙闊。唐僧路遇歹

點綴

人放火燒他事在萬分緊急特來尋你借辟火罩兒救他一救快些拿來使使即刻逕上天王道你差了即是歹人放火只該借水救他如何要辟火罩行者道你那里曉得就裡借水救之却燒不起來倒相應了他只是借此罩護住了唐僧無傷其餘管他儘他燒去快些快些此時恐已無及莫誤了我下邊幹事那天王笑道這猴子還是這等起不善之心只顧了自家就不管別人行者道快着快着莫要調嘴害了大事那天王不敢不借遂將罩兒遞與行者行者拿了按着雲頭徑到禪堂房脊上罩住了唐僧與白馬行李他却去那後面老和尚住的方丈房上頭坐着

意護那袈裟看那些人放起火來他轉捻訣念咒望巽地上吸一口氣吹將去一陣風起把那火轉刮得烘烘亂着好火好火但見

黑煙漠漠紅燄騰騰黑煙漠漠長空不見一天星紅燄騰騰大地有光千里赤起初時灼灼金蛇次後來煨煨血馬南方三炁逞英雄回祿大神施法力燥乾柴燒烈火性說甚麽燧人鑽木熟油門前飄綵焰賽過了老祖開爐正是那無情火發怎禁這有意行兇不去弭災返（着眼）行助虐風隨火勢燄飛有千丈餘高火逞風威灰迸上九霄雲外乒乒乓乓好便似殘年爆竹潑潑喇喇却就

如軍中砲響燒得那當塲佛像莫能逃東院伽藍無處躲勝如赤壁夜鏖兵賽過阿房宮内火

這正是星星之火能燒萬頃之家（着眼）須臾間風狂火緊把一座觀音院處處通紅你看那衆和尚般廂擡籠搶桌端鍋滿院裡叫苦連天孫行者護住了後邊方丈辟火罩罩住了前面禪堂其餘前後火光大發真個是照天紅焰輝煌透壁金光照耀不期火起之時驚動了一山獸怪（這一轉亦有生發）這觀音院正南二十里遠近有座黑風山山中有一個黑風洞洞中有一個妖精正在睡醒翻身只見那窻間透亮只道是天明起來看時却是正北下的火光幌亮妖精大驚道呀

這必是觀音院裏失了火這些和尚好不小心我看時與
他救一救來好妖精縱起雲頭即至煙火之下果然冲天
之火前面殿宇皆空兩廊煙火方灼他大拽步撞將進去
正呼喚叫取水來只見那後房無火房脊上有一人放風
他却情知如此急入裏面看時見那方丈中間有些霞光這件袈裟
僧偷怪竊唐僧爲他多了若干事真是着了袈裟事更
彩氣臺案上有一個青氊包袱他解開一看見是一領錦多也
襴袈裟乃佛門之異寶正是才動人心他也不救火他也
不叫水拿着那袈裟趁鬨打劫拽回雲步徑轉東山而去
那場火只燒到五更天明方才滅息你看那衆僧們赤赤
精精啼啼哭哭都去那灰內尋銅鐵撥腐炭撲金銀有的

在牆筐裡苦搭窩棚有的赤壁根頭支鍋造飯叫冤叫屈亂嚷亂鬪不題却說行者取了碎火單一觔斗送上南天門交與廣目天王道謝借謝借天王收了道大聖至誠了我正愁你不還我的寶貝無處尋討且喜就送來也行者道老孫可是那當面騙物之人這叫做好借好還再借不難天王道許久不面請到宮少坐一時何如行者道老孫比在前不同爛板凳高談闊論了如今保唐僧不得身閑容叙容叙急辭別墜雲又見那太陽星上徑來到禪堂前搖身一變變做蜜蜂兒飛將進去現了本相看時那師父還沉睡哩行者叫道師父天亮了起來罷三藏才醒覺翻

身道正是穿了衣服開門出來忽擡頭只見些倒壁紅牆不見了樓臺殿宇大驚道呀怎麽這殿宇俱無都是紅牆何也行者道你還做夢哩今夜走了火的三藏道我怎不知行者道是老孫護了禪堂見師父濃睡不曾驚動三藏道你有本事護了禪堂如何就不救別房之火行者笑道好教師父得知果然依你昨日之言他愛上我們的袈裟算計要燒殺我們若不是老孫知覺到如今皆成灰骨矣三藏聞言害怕道是他們放的火麽行者道不是他是誰三藏道莫不是怠慢了你你幹的這個勾當行者道老孫是這等憊懶之人幹這等不良之事實實是他家放的老

孫見他心毒果是不曾與他救火只是與他畧畧助些風的三藏道天那天那火起時只該助水怎轉助風行者道你可知古人云人没傷虎心虎没傷人意他不弄火我怎肯弄風三藏道袈裟何在敢莫是燒壞了也行者道没事没事燒不壞那放袈裟的方丈無火三藏恨道我不管你但是有些兒傷損我只把那話兒念動念動你就是死了行者慌了道師父莫念莫念管尋還你袈裟就是了等我去拿來走路三藏就牽着馬行者挑了担出了禪堂徑往後方丈去却說那些和尚正悲切間忽的看見他師徒牽馬挑担而來諕得一個個魂飛魄散道寃魂索命來了行

者喝道甚麽冤鬼索命快還我袈裟來衆僧一齊跪倒叩頭道爺爺呀冤有冤家債有債主要索命不干我們事都是廣謀與老和尚奸計害你的莫問我們討命行者喝的一聲道我把你這些該死的畜生那個問你討甚麽命只拿袈裟來還我走路其間有兩個膽量大的和尚道老爺你們在禪堂裡已燒死了如今又來討袈裟端的還是人是鬼行者笑道這夥業畜那里有甚麽火來你去前面看看禪堂再來說話衆僧們爬起來往前觀看那禪堂外面的門窗槅扇更不燎灼了半分衆人悚懼才認得三藏是種神僧行者是尊護法一齊上前叩頭道我等有眼無珠

不識真人下界你的袈裟在後面方丈中老師祖處哩三
藏行過了三五層敗壁破牆嗟嘆不已只見方丈果然無
火衆僧搶入裡面叫道公公唐僧乃是神人未曾燒死如
今反害了自己家當趁早拿出袈裟還他去也原來這老
天理
和尚尋不見袈裟又燒了本寺房屋正在萬分煩惱焦燥
之處一聞此言怎敢答應因尋思無計進退無方拽開步
躬着腰往那牆上着實撞了一頭可憐只撞得腦破血流
魂魄散咽喉氣斷染紅沙有詩為証

堪嘆老衲性愚蒙　枉作人間一壽翁　欲得袈裟傳遠世
豈知佛寶不凡同　但將容易為長久　定是蕭條取敗功

廣智廣謀成甚用　損人利己一場空

慌得個衆僧哭道師公已撞殺了又不見袈裟怎生是好行者道想是汝等盜藏起也都出來開具花名手本等老孫逐一查點那上下房的院主將本寺和尚頭陀幸童道人盡行開具手本二張大小人等共計二百三十名行者請師父高坐他却一一從頭唱名搜簡都要解放衣襟分明點過更無袈裟又將那各房頭搬搶出去的廂籠物件從頭細細尋徧那里得有踪跡三藏心中煩惱懊恨行者不盡却坐在上面念動那咒行者撲的跌倒在地抱着頭十分難禁只教莫念莫念管尋還了袈裟那衆僧見了一

個個戰兢的上前跪下勸解三藏就合口不念行者一骨魯跳起來耳躲裡掣出鐵棒要打那些和尚被三藏喝住道這猴頭你頭疼還不怕還要無禮休動手且莫傷人再與我審問一問衆僧們磕頭禮拜哀告三藏道老爺饒命我等委實的不曾看見這都是那老死鬼的不是他昨晚看着你的袈裟只哭到更深時候看也不曾敢看思量要圖長久做個傳家之寶設計定策要燒殺老爺自火起之候狂風大作各人只顧救火搬搶物件更不知袈裟去向行者大怒走進方丈屋裡把那觸死鬼屍首擡出選剝了細看渾身更無那件寶貝就把箇方丈掘地三尺也無踪

影行者忖量半晌問道你這裡可有甚麽妖怪成精麽院主道老爺不問莫想得知我這里正東南有座黑風山黑風洞內有一箇黑大王我這老死鬼常與他講道他便是個妖精别無甚物行者道那山離此有多遠近院主道只有二十里那望見山頭的就是行者笑道師父放心不須講了一定是那黑怪偷去無疑三藏道他那廂離此有二十里如何就斷得是他行者道你不曾見夜間那火光騰萬里亮透三天且休說二十里就是二百里也照見了坐定是他見火光焜燿趂着機會暗暗的來到這里看見我們袈裟是件寶貝必然趂鬨擄去也等老孫去尋他一尋

三藏道你去了時我却何倚行者道這個放心暗中自有神靈保護明中等我叫那些和尚伏侍即與衆和尚過來道汝等着幾個去埋那老鬼着幾個伏侍我師父看守我白馬衆僧領諾行者又道汝等莫順口兒荅應等我去了你就不來奉承看師父的要怡顏悅色養白馬的要水艸調勻假有一毫兒差了照依這個樣棍與你們看看他掣出棍子照那火燒的磚牆撲的一下把那牆打得粉碎又振倒了有七八層牆衆僧見了個個骨軟身麻跪着磕頭滴淚道爺爺寬心前去我等竭力虔心供奉老爺决不敢一毫怠慢好行者急縱觔斗雲徑上黑風山尋我這袈裟

正是那

金蟬求正出京畿。仗錫投西涉翠微。虎豹狼蟲行處有。工商士客見時稀。路逢異國愚僧妒。全仗齊天大聖威。火發風生禪院廢。黑熊夜盜錦襴衣。

畢竟此去。不知袈裟有無。吉凶如何。且聽下回分解。

總批

饒他廣智廣謀。直弄得家破人亡。亦一省之乎。好箇廣智廣謀。袈裟又不曾得。家當燒了。老和尚死了。何益何益。人人如此。可憐可憐。善乎篇中之言曰。廣智廣謀成甚用。損人利己一場空。可謂老婆心急矣○篇中又有隱語亦一一拈出○只顧了自家就不管别人○那無情火發○是星星之火能燒萬頃之田○他不羡火我怎肯羡風都是醒世名言　要時常看過